COLLECTION FOLIO

Jacques Sternberg

188 contes à régler

Illustrations
de Roland Topor

Édition revue par l'auteur

Denoël

Orageuse, sa vie aura été erratique, la privée comme la matérielle. Sans parler de sa carrière en dents de scie : quarante livres publiés ne lui ont pas assuré un statut d'auteur statufié dans le succès. On le dit inclassable, sans doute parce qu'il ne s'est jamais limité à un seul label littéraire. Il aurait pu demeurer un romancier, un auteur dramatique, un scénariste de cinéma, un chroniqueur pamphlétaire. Mais en réalité il avait, par-dessus tout, la passion du texte bref. Qui ne l'abandonnera jamais. Cela lui valut ses lecteurs les plus exigeants et la consécration dans un certain nombre de livres de classe au milieu de Maupassant, Poe, Kafka, Gogol, Mérimée... Étranges fréquentations...

J. S.

UN DERNIER COMPTE
À RÉGLER

Ces 188 contes à régler *demeurent à mes yeux un livre choc dans mon fluctuant parcours personnel. Un point de repère aussi. Exaltant en 1988. Hélas teinté de tragique en 1998. Les prémices remontent à quelques années quand, en 1984, on me refusa chez Albin Michel un dictionnaire personnel que je travaillais depuis toujours, au gré des ans, au fil de mes idées. Je me retrouvai vraiment sonné pour la première fois de ma carrière pourtant riche en descentes brutales, surtout que Francis Esménard croyait en moi et m'avait mensualisé pour mes romans tous publiés, ce qui me donna à vivre, entre mon dériveur et ma vieille machine à écrire, les plus belles années de ma vie.*

Soutenu par Gallimard, le dictionnaire fut édité chez Denoël. Mais cette aventure me laissait épuisé, sans souffle. Je ne ressentais plus le moindre désir de m'attaquer à un roman, je ne pensais même plus à me trouver un sujet. J'avais trop écrit, surtout trop de romans confessions, névrotiques, impudiques qui me sortaient des tripes avec une telle évidence, une telle ivresse de me défouler.

Ayant cessé de boire et de fumer presque en même temps, cela me laissa pendant bien des mois incapable de regarder une feuille de papier ou une machine à écrire. Jamais, en effet, je n'avais écrit une ligne sans avoir un cigarillo à portée de la main. Je me sentais ralenti, tapi en moi, en veilleuse, pas endormi heureusement. Et surtout, peu à peu, privé d'alcool — qui me liait à la futilité du réel, à la fuite devant le macabre — je retrouvai cette lucidité grise, atonale, nourrie de trouille et de sarcasmes, cette sensation de venir de nulle part et de n'avoir jamais rien compris à la folie idiote du monde ni d'ailleurs aux aberrations de ma vie de tous les jours. C'est dans cet état un peu somnambulique que je pensai à revenir sur mes pas perdus, vers la collection « Présence du Futur » de mes trente-cinq ans où j'avais essuyé les plâtres en 1957 — entre Brown, Sheckley et Matheson, mes idoles — d'une science-fiction vierge de tout scientisme, de toute profonde réflexion et exclusivement nourrie d'humour macabre, de fantastique, de terreur, d'absurde et de dérision. Qui n'épargnait d'ailleurs pas la « vraie » science-fiction.

Alors que j'étais détesté par pas mal de fanatiques de la SF pure et dure, Jacques Chambon qui dirigeait d'une main de fer « Présence du Futur » appréciait ma vision acerbe des choses, surtout quand elle s'exprimait sur de brefs parcours. Comme happé par une brutale évidence, j'allai le voir et je lui proposai, sans demander aucune avance, une gageure : bricoler un recueil de plus de cent contes brefs, d'une ou deux pages maximum. J'en écrivis plus de deux cents, on en enleva à peine une quinzaine et l'ensemble enthousiasma Chambon, rarement facile à convaincre.

Mais ces contes marquaient mon retour à l'ultra-bref, ma véritable patrie, après une absence de vingt-cinq ans qui m'avait poussé à me consacrer exclusivement au roman, genre plus commercial — paraît-il — où je perds facilement les pédales, desservi par mon allergie à couper, retravailler mon texte, le ciseler et le garnir de tous les ingrédients classiques — la psychologie surtout — qui séduisent le lecteur « cultivé ». C'est ainsi que mes contes furent écrits dans la hargne retrouvée, longtemps refoulée, vierge de tout adju-

vant, ce qui me donna — en bord de mer hors saison — une frénésie de me laisser dériver dans mes fantasmes les plus noirs, froidement rédigés, réduits à l'essentiel durement concentré : ma nausée de la mort, mon horreur de ce que l'humain fait de sa planète et de sa civilisation technocrétinisée, ma prédilection pour les dérapages sidéraux et les excursions galactiques qui tournent mal, ma haine de la névrose promotionnelle qui a tout perverti depuis les années 80, ma certitude de l'inutilité fatale de tout, que ce soit dans la réussite ou le ratage, et j'en passe... La publication en 1988 des 188 contes à régler *me fit l'effet de me retrouver, de revenir en arrière quand mes idées les plus folles se bousculaient au portillon, implacables, évidentes, faciles à exprimer avec un maximum d'efficacité en bien peu de mots. Et Roland Topor auquel me liait une amitié et une admiration sans réserve depuis trente-huit ans — je l'avais découvert en fait dès ses premiers dessins — se fit un plaisir d'illustrer ce livre de poche alors qu'il avait déjà exécuté de virulentes compositions pour mes* Contes glacés *parus en 1974 chez Marabout et mon* Dictionnaire des idées revues *repêché par Denoël en 1985. Je demeurai un auteur Denoël et ne publiai plus que des recueils de contes toujours dotés de superbes couvertures signées Topor. Dont l'une au moins — celle des* Histoires à dormir sans vous — *avait une telle force de frappe et d'indécence poétique qu'elle dut bien convaincre au moins 60 % des lecteurs d'acheter ce livre. Et jamais Topor ne me parla de droits d'auteur.*

Il tenait à marquer le fait qu'il agissait ainsi parce qu'il aimait les contes en général et les miens en particulier. La preuve : jamais il ne me proposa de concevoir la couverture de l'un de mes romans : il les aimait moins.

Et maintenant, donc dix ans après l'édition de 1988, ces Contes à régler, *sont repris en Folio — la seule vraie consécration à mes yeux —, et cette heureuse information coïncide à quelques jours près avec la plus effrayante nouvelle : la mort brutale de Roland Topor que j'apprends en quelques mots par téléphone alors que je devais déjeuner avec lui ce jour-là. Je l'avais vu une semaine avant, disert, très en forme et jamais, de toute façon, je n'aurais pu imaginer un homme de cette trempe biffé tout à coup de ce monde, lui qui avait une telle force créative, un si évident génie, une telle boulimie de vivre et de patauger dans un imaginaire dont il était le seul à posséder les clefs magiques.*

Je pourrais à la rigueur pleurnicher en me disant que les illustrations de ce Roland Topor 1988 sont un modeste hommage que je puis offrir à ses admirateurs. Mais il n'en est rien. Le posthume me fait gerber. Il y a dans le monde — car Topor a été exposé un peu partout et souvent vendu plus à l'étranger qu'en France — des milliers de dessins de Topor qui fascineront ou choqueront les amateurs d'art, mais lui ne sera plus là, absent à tout jamais, en effrayant contrepoint à l'exceptionnelle présence qu'il avait de son vivant.

Sur ce point comme parmi d'autres plus futiles, nous partagions une hantise obsessionnelle : comment pouvait-on se consoler d'avoir le talent et la renommée, l'amour et l'argent quand on vivait avec la conscience qu'on devrait tout larguer un jour, inéluctablement ? J'ai connu Roland quand il n'avait que vingt ans, qu'il était encore inconnu, pauvre, angoissé et il n'avait jamais changé d'un iota en devenant célèbre, riche et toujours angoissé. Il se savait génial, mais n'en tirait aucune consolation. Parce qu'il se sentait avant tout fragile. Mortel. Topor était un mortel exemplaire : effroyablement conscient de l'horreur d'une fin impossible à éviter et triomphalement, insolemment en vie dans un débordement de vitalité pour oublier le mieux possible cette répugnante condition. Alors, pour ne pas dérailler dans une métaphysique également inutile, je me laisse aller à rêvasser et revoir Roland, ravi de me remettre les dessins des Contes à régler *et me dire, à la fois tendre et narquois : « Je me suis toujours demandé pourquoi tu as tellement tenu à te battre sur le terrain du roman où tu as des centaines de rivaux plus habiles que toi, alors que sur le parcours du texte bref, tu es sans concurrents.*

— Mais parce que toi, Roland, tu étais beaucoup plus intelligent que moi. »

Je n'aurais rien pu te répondre d'autre.

J. S.

La vie est un cauchemar
dont j'ai peur de m'éveiller.

LOUIS SCUTENAIRE

L'affaire

Cette planète de petite dimension, à peine découverte par un groupe de navigateurs indépendants, n'avait pas encore de nom.

Ce qui n'altérait pas sa réputation secrète. Les vues aériennes ramenées de là-bas attisaient en effet la convoitise de tous les vendeurs de vacances solaires dans des paysages de rêve. Et ceux de ce monde encore anonyme dépassaient en grandiose tout ce que les promoteurs les plus ambitieux pouvaient souhaiter : un fascinant compromis entre le charme de l'Irlande, la sauvagerie de la Terre de Feu, la luxuriance de certaines îles des Tropiques et l'âpre poésie du Colorado.

Bref, une affaire en or massif. Que l'agence Cook emporta après d'épuisantes tractations. L'astronef qui emportait les pionniers de l'agence vers la planète Cook y débarquèrent exactement un an après ceux qui avaient découvert ce monde. Enchanteur, impressionnant, il l'était au-delà des descriptions et des espérances. Non seulement le paysage se révélait un véritable concentré des merveilles éparses de la Terre, mais aucune fourmilière d'habitants n'en souillait la primitive beauté, vierge de constructions minables, de potagers, de terrains vagues et de sinistres lotissements.

Le lendemain, cependant, l'équipe Cook accusa une déception qu'elle n'attendait pas. L'éblouissant panorama d'îles, de criques, de montagnes et de lacs qu'on avait admiré la veille était écrasé par un brouillard tellement épais qu'on ne distinguait même plus le sol sur lequel on mettait le pied.

Personne ne revit plus jamais le paysage choc entrevu la veille. Ni celui-là ni un autre sur la planète Cook. Le brouillard ne se leva pas dans le courant de la journée, ni le lendemain ni le surlendemain. Et il ne perdit jamais rien de sa densité, pas même pendant quelques minutes.

La panique gagna l'équipe de prospecteurs après quelques jours. Le brouillard ne s'était pas dissipé durant une seule heure et les hommes avaient pris la précaution d'être sans cesse reliés à leur astronef pour être sûrs de pouvoir le retrouver. Un mois plus tard, découragés, ils abandonnaient la planète, avec la sensation que cette brume gris sale finissait par s'infiltrer dans leur cerveau.

Absurde épopée qui découlait d'une ironique coïncidence : les deux astronefs des Terriens, le premier par hasard, le deuxième par soif du profit, avaient débarqué sur ce monde le seul jour de l'année où la brume se dissipait durant toute une journée pour retomber le lendemain, aussi implacable qu'une énorme housse opaque. Et cela sans une heure de trêve pendant tout un an.

L'affolement

La guerre de 1999 éclata si brutalement qu'on eut à peine le temps d'y croire.

Heureusement, l'époque avait des réactions rapides. Et, avec le règne tout-puissant de l'ordinateur, le problème de la mobilisation générale était facile à régler dans un minimum de temps avec un maximum d'efficacité. En moins d'une heure, les ordinateurs avaient trié les fichiers de toute la population et envoyé aux futurs soldats leur feuille de convocation.

Mais c'était quand même la première fois que l'électronique devait faire face à ce genre de situation. Et, dans l'affolement, il y eut une légère erreur de numéro de code et on appela sous les drapeaux toutes les femmes et les enfants de moins de douze ans.

L'âge

Les explorateurs de l'espace, aguerris depuis de longues années, n'avaient pas seulement acquis une expérience à toute épreuve, mais un sens inné de la prudence quand ils devaient aborder un monde inconnu.

À première vue, puis après les investigations usuelles menées à distance, la planète P. 347 ressemblait de très près à la Terre. Une véritable planète sœur lointaine avec la différence qu'on n'y décelait aucune trace de ville ou même de village. À part cela, mêmes vastes étendues d'océans, même verdure envahissante, mêmes chaînes de montagnes, même composition de l'air et même température.

L'astronef se posa donc sans problèmes dans un paysage de western, sur un terrain de rocaille presque aussi bien nivelé qu'une piste d'atterrissage.

Des imprévus de toutes les espèces, les navigateurs en avaient affronté des dizaines, des tangibles et des invisibles à l'œil nu, des fulgurants et des lancinants, mais celui que leur réservait P. 347 était unique en son genre. Raison pour laquelle il leur fut fatal.

Ils avaient à peine touché le sol de cette planète qu'ils virent et sentirent qu'ils changeaient à vue. Mentalement et physiquement surtout. Chaque seconde qui passait les faisait vieillir. De façon si flagrante qu'au jugé une seconde sur ce monde devait dévorer un an de leur vie.

Comme ils savaient calculer vite et bien, ils réagirent de la même façon, se ruèrent à l'intérieur de la fusée et s'activèrent aux manœuvres du départ en catastrophe. Mais il y eut quelques cafouillages qui, malencontreusement, ne figuraient pas au programme. Une simple minute passa ainsi, une seule minute. Le plus jeune des navigateurs allait maintenant sur ses quatre-vingts ans, les autres étaient déjà morts de vieillesse. De nouvelles secondes s'égrenèrent, mais en vain. Seul un vieillard de plus de cent trente ans aurait pu faire décoller la fusée loin de ce tombeau. Il n'y en eut pas.

L'allergie

Il avait toujours eu quelque difficulté à supporter le genre humain jusqu'au jour où il dut reconnaître qu'il devenait physiquement allergique à toute présence masculine ou féminine. Il se barricada chez lui, sans télévision, sans radio, parce que même le son des voix lui donnait des troubles graves, des vertiges et des nausées accompagnées de saignements.

Les choses s'aggravèrent quand il comprit qu'il développait une allergie de la même gravité à tous les aliments fabriqués par les hommes ou tous les produits naturels de la terre. Il s'en tira en avalant des vitamines à hautes doses et en s'administrant des injections à doses plus réduites. Il eut ensuite un coup de panique en constatant son allergie à toute boisson. Et il perdit tout espoir quand il ressentit des symptômes d'étouffement en respirant l'air ambiant.

Les anonymes

Fasciné par le mythe du docteur Frankenstein, il avait consacré toute sa vie à bricoler un laboratoire où il pourrait concevoir une créature vivante.

Après des années d'essais peu convaincants, il arriva à ses fins et crut même être parvenu au-delà de ses espérances : il croyait savoir que sa première expérience avait presque toutes les chances d'être une réussite, évidemment révolutionnaire. Mais il savait aussi que, pour des raisons techniques, cette grande première serait une dernière. Pas question de lancer sur le marché des monstres à la chaîne ou des petits génies artificiels.

C'est alors qu'il eut l'idée.

Non pas celle de donner la vie à une créature étrangère probablement très décevante, mais celle de donner la vie à la seule personne qui lui importait sur cette terre : lui-même. Se faire revivre après sa mort.

Depuis vingt ans déjà il travaillait avec un assistant sans imagination, mais virtuose de l'ordinateur, donc capable de maîtriser toute la complexité des circuits les plus subtils de l'expérience.

Pour ne pas arriver au trépas en bouillie ou rongé par quelque maladie, le chercheur décida de se donner lui-même la mort sans endommager ses organes. Il se trancha les veines et se vida de son sang.

Se transfuser du sang après sa mort clinique était facile et donner pour la première fois l'étincelle de vie était, bien entendu, plus aléatoire puisque cela faisait toute l'originalité de cette expérience sans précédent.

Et l'étincelle fut, la vie en même temps, sans aucune bavure.

En revanche, dans la fiction comme dans la réalité, on eut moins de chance avec le cerveau. Sans risque de se retrouver avec le cerveau d'un assassin à la suite d'une bévue d'un assistant taré, le cobaye garda son propre cerveau qui risquait d'être, malgré tout, perturbé car certaines connexions ne s'étaient pas faites comme prévu.

La réalité dépassa ce qu'on aurait pu attendre.

Le chercheur se découvrit en excellente forme dans son corps, avec son visage inchangé, sain d'esprit, sans mémoire de son passé, doté d'une autre personnalité et d'une autre vie : celle d'un représentant de commerce qui allait d'une épicerie à une autre pour placer des boîtes de thon à l'huile.

Quant à l'assistant, il disparut sans laisser de traces et, avec lui, toute révélation de l'événement.

L'apocalypse

Raffinés, rêveurs, intuitifs, allergiques à tout scientisme, pacifiques, très évolués mais sans ambition, athées et fermés à toute forme de mysticisme, les Scydres croyaient pourtant à l'apocalypse. Fragiles des nerfs, lucides pourtant, ils pressentaient depuis toujours que cette apocalypse serait la fin de leur monde et qu'elle aurait lieu avant l'an 2100.

Ils ne se trompaient pas. Elle arriva en 2097. L'horreur et la mort leur vinrent du ciel en quelques heures. Sans aucune implication religieuse ou divine. Par l'invasion de leur planète après un bombardement dévastateur.

Leurs envahisseurs s'étaient imposés depuis un demi-siècle comme les seuls conquérants de l'univers. Personne ne pouvait leur résister, personne ne pouvait les repousser. Les cieux étaient ensanglantés par leurs exploits et des dizaines de planètes avaient payé cher ce besoin effréné de conquérir, cette névrose de posséder, d'exploiter, de coloniser. Pour chaque créature de l'espace, qu'elle fût monstrueuse ou presque humaine, le nom de ces insatiables guerriers toujours vainqueurs était synonyme d'épouvante, de mort, de destruction : les Terriens.

Et les Scydres en particulier ne pouvaient pas être dupes : si une gigantesque armada terrienne fonçait vers leur planète, l'heure de l'apocalypse sonnerait vraiment en 2097.

Ou plus exactement, au lieu de sonner, elle éclata dans un insoutenable vacarme de fusées, de bombes, de missiles et de déflagrations ravageuses. Les Terriens savaient les Scydres inoffensifs, désarmés, incapables du moindre geste de violence, mais ils mettaient toujours à feu, à sang et en cendres les mondes qu'ils voulaient annexer. Par principe, pour le plaisir, pour se défouler, pour se prouver qu'ils étaient toujours des tueurs, souvent privés de gibier puisqu'ils ne se battaient plus entre eux sur Terre depuis que l'infini était devenu leur champ de bataille. En effet, sur la terre patrie, les forces étaient parfaitement équilibrées, cela finissait par coûter trop cher en vies humaines.

En revanche, comme tout était simple ailleurs ! Les Scydres vivaient tous groupés dans deux cités seulement, le reste de leur monde n'était qu'un seul désert. Deux villes seulement, quel jeu d'enfant pour les Terriens. Le bilan dépassa leurs ambitions : il n'y eut pas de survivants parmi les Scydres.

Ceux qui ne furent pas déchiquetés par les bombes, moururent de peur, foudroyés sur le coup par une imparable attaque cardiaque. Les Scydres avaient vraiment du cœur, donc ils l'avaient fragile. À eux, on pouvait le leur briser.

L'arrestation

Il était le premier extraterrestre à avoir posé le pied sur le sol de la Terre. Il venait de la planète Gryge, donc de plus loin que nous ne pouvions l'imaginer.

Le Grygien fut débarqué de nuit, loin d'une ville, dans le plus grand secret et le plus total silence. En France, selon un plan où tout avait été prévu.

Sa mission était celle d'un observateur qui ne devait en aucun cas se singulariser. Il avait été entraîné pendant des années pour passer inaperçu et surtout ne jamais se blesser en public, car son sang incolore aurait fait une bien curieuse impression. Il parlait le français, il était indiscutablement humain et il possédait même une fausse carte d'identité assez bien imitée au nom peu compromettant de Marcel Robert.

Il se retrouva logé dans un petit hôtel sur la Côte d'Azur et c'est là qu'il comprit qu'en 1944 il était tombé en pleine guerre. Il le comprit avec plus d'acuité encore quand, un matin, à l'aube, les Allemands l'embarquèrent comme juif avec tous les clients de l'hôtel.

C'est dans un palace qu'il comparut devant l'officier de la Gestapo chargé de faire la vérification des identités. Il assistait au déroulement des événements avec un calme glacé car il appartenait à une race qui ne prenait pas grand-chose au tragique. L'officier, en revanche, eut une réaction de stupeur en toisant le beau visage aux traits singulièrement réguliers du Grygien, ses yeux bleus presque transparents, ses cheveux blonds presque blancs, son demi-sourire équivoque de défi. Il jeta à peine un coup d'œil sur la fausse carte d'identité du Grygien et lui dit :

— Toutes nos excuses. De toute évidence, vous ne pouvez pas être juif.

— Ah ! non, reconnut l'étranger avec un flegme qu'on aurait pu croire britannique.

On le relâcha immédiatement.

Même si l'officier avait un instant, de façon très fugitive, soupçonné Marcel Robert d'avoir de faux papiers, il lui avait suffi de le dévisager pour effacer toute arrière-pensée. Car il fallait bien reconnaître que la plupart des Allemands, à côté de lui, avaient l'air de juifs d'Europe centrale.

L'arrivée

Dans un lointain passé, on avait toujours soutenu que la Terre était plate ; en plein cœur du XXe siècle, à l'âge de bronze de l'astronautique, on affirmait qu'il n'y avait pas de vie sur Mars.

Et pourtant, à l'aube du XXIe siècle, cette affirmation fut réduite en poussière. Une authentique fusée en provenance de Mars avait été repérée par tous les radars, elle approchait de la Terre, elle se posa en douceur quelque part en Europe en banlieue d'une grande ville. Éjectant au milieu d'une foule de badauds une douzaine d'habitants de Mars, indiscutablement humains, fort peu impressionnants, encore moins singuliers, ressemblant de très près à de joviaux représentants de commerce, loquaces, affables et tout à fait décontractés.

— Vous venez de loin ? demandèrent les Terriens pour être polis et savoir à qui ils avaient affaire.

— Nous venons de très loin d'ici. D'une planète habitée appelée la Terre. Nous sommes des Terriens.

— Des Terriens, de la Terre ! Mais où croyez-vous être ?

— Nous sommes arrivés sur Mars, répondirent-ils avec la même simplicité.

L'arriviste

Assez médiocre écrivain, il avait de l'ambition et même une réelle lucidité. Il savait bien que, depuis la fin du XXe siècle, donc depuis plus de quarante ans, un roman ne pouvait plus se vendre si son auteur ne s'était pas fait un nom dans un autre domaine que celui de la littérature.

Malheureusement pour lui, il n'était ni chanteur ni comédien ni politicien ni homme de télé ou de radio ni même une vedette de la raquette ou du ballon.

De plus, il n'avait rien vécu de très passionnant, il avait toujours pensé à faire simplement son temps, de préférence en perdant ce même temps avec beaucoup de filles qui ne lui avaient apporté ni la fièvre ni la souffrance ni la passion susceptibles de devenir une source d'inspiration.

Il n'avait pas non plus cherché ce besoin de s'épanouir dans les voyages et l'aventure. Se déplacer l'ennuyait, et il trouvait que toutes les villes se ressemblaient autant que les paysages, partout faciles à classer en quelques catégories aux maigres variantes.

Il allait arriver en vue de ses quarante-cinq ans quand il pensa à élargir son horizon en se payant une croisière dans l'espace, sur d'autres planètes. Peut-être avait-il besoin de s'évader de l'humain pour trouver le déclic, l'étincelle énergétique.

À cette époque, depuis dix ans déjà, se perdre au-delà du concevable ne posait plus de problèmes. L'homme avait mis des millénaires à décoller de son sol natal, il avait eu bien du mal a atteindre une planète étrangère, mais après avoir réussi à s'évader de son système solaire, les autres galaxies n'eurent plus de secrets pour lui et ricocher d'une planète inconnue à une autre devint d'abord un sujet de fascination sans cesse renouvelé, puis une manne céleste pour le conquérant rapace qui sommeillait dans chaque homme, enfin une source de revenus infiniment extensibles pour les agences de voyages intergalactiques.

L'écrivain s'accorda un an pour parcourir une parcelle d'univers, le temps de trouver un monde qui l'inspirerait.

Sur le plan touristique, l'intérêt de se faire catapulter si loin lui parut fort négligeable. Dans l'ensemble, la nature restait partout la nature, désertique ou aquatique, luxuriante ou aride, plate ou montagneuse, et rien n'évoquait plus un séquoia bien de chez nous qu'un petit arbre de quelque lointaine planète atteinte de gigantisme.

En revanche, sur le plan métaphysique, on en recevait plein la cervelle. De quoi défier l'imagination, inspirer pas mal d'épopées et servir de point de départ à de fascinantes divagations.

L'écrivain, qui ne prenait jamais de notes nulle part, ne s'attardait jamais sur un monde plutôt qu'un autre, il se contentait de subir, de se laisser imbiber, de ne pas approfondir et de changer de décor. Un peu étonné de constater que non seulement la vie existait ailleurs, mais qu'elle était singulièrement

multiforme. Un peu effrayé aussi devant ce choix qui lui donnait le vertige car des créatures qui pouvaient faire rêver ou divaguer, il y en avait vraiment un riche catalogue.

Trop riche aux yeux de l'écrivain que les excès n'inspiraient guère, mais il joua le jeu, il alla toujours plus loin, il regarda de tous ses yeux, il ne négligea jamais rien et du jamais imaginé il en vit à pleines brassées.

Les Trobyles, qui vivaient en limaces géantes, collés aux parois de leur monde fait de plans lisses, tissant avec une inusable patience un gigantesque travail de mosaïque, unique preuve d'une forme de civilisation. Les Nigrades, qui avaient pris en grippe la couleur jaune et luttaient sans cesse pour endiguer cette invasion colorée dont la marée revenait inlassablement à la charge. Les Urgides attachés à des modes de vie uniquement fondés sur un insoutenable vacarme qui leur était aussi nécessaire que l'eau ou l'air pour nous. Les Guniphoges, aveugles, sourds, muets, presque paralytiques, mais dotés d'énormes et longues mains à vingt doigts qui remplaçaient par d'étonnantes facultés tous leurs sens manquants. Les Glènes, incapables de création, exclusivement dévorateurs, énormes mandibules d'acier qui déchiquetaient et digéraient tout un monde sans espoir de pouvoir le reconstituer. Les Astroïbes, mollusques géants qui survivaient sans jamais se déplacer, accrochés aux récifs d'une planète d'eau sans profondeur et de vase gluante. Les Synphes filiformes, phosphorescents, multiformes, parfois invisibles, toujours imprévisibles, impossibles à distinguer du fouillis d'un monde où tout était crissement et scintillement, sans que l'on puisse jamais distinguer le végétal de l'animal. Les Gorgucées, dont les labyrinthes secrets étaient creusés au plus profond du sol où, comme des taupes géantes, ils tentaient de retrouver les vestiges d'une civilisation perdue peut-être mythique. Les Nuctiges, propriétaires d'un monde très évolué, incompréhensible à nos yeux parce que le langage et les sons leur étaient inconnus et qu'ils les remplaçaient par des variations infinies de lumières et de couleurs dont la complexité défiait notre intelligence. Les Silcides, parasites gorgés de liquide visqueux et de graisse qui vivaient dans les alvéoles d'une gigantesque éponge de l'espace et se nourrissaient d'eux-mêmes, de leur propre substance sans cesse reconstituée. Et tant d'autres, parfois plus proches des humains, parfois défendus par des mondes où personne n'aurait osé débarquer.

Il revenait, l'écrivain, avec le sujet de plusieurs romans, mais aucun sujet en particulier ne l'inspirait vraiment. De toute façon, il n'aimait ni les descriptions minutieuses ni les subtiles analyses, et la réalité n'éveillait en lui aucun commentaire. Et surtout, il trouvait que voyager aux confins de l'espace n'apportait pas beaucoup plus de choses que se trimbaler sur terre d'un antipode à un autre, et qu'on subissait assez vite les effets d'une monotonie de l'inattendu à laquelle on ne pouvait pas échapper.

En fait, il ne revenait de son périple au bout de l'extraordinaire qu'avec une seule pensée qui semblait n'avoir jamais frappé personne d'autre que lui : Dans tout l'univers le Terrien semblait bien être la créature la plus sophistiquée, la plus fascinante par sa complexité, mais elle était, en contrepartie, de très loin la plus fragile. La Terre était, apparemment, le seul véritable cimetière de l'univers, le seul charnier où demeurer simplement en vie dans le terne quotidien pouvait passer pour une véritable prouesse. Ailleurs, les créatures avaient, pour la plupart, une vie assez larvaire, mais elle semblait indestructible, à peu près comme celle des pierres ou des arbres sur Terre.

L'écrivain étira ces quelques divagations sur un parcours d'une cinquantaine de pages. Il ajouta quelques pages pour exprimer son étonnement de constater que seul le Terrien, créature absurde puisque destinée exclusivement à la mort, avait imaginé de toutes pièces, non pas un Dieu sadique et ivre de génocides, mais un Dieu de bonté et de pitié.

Son livre fut publié chez un éditeur séduit par le morne désespoir qu'il contenait. L'écrivain qui avait déjà publié sans aucun succès une dizaine de livres, reprit confiance et sentit que, cette fois, il pouvait espérer un important tirage. Il eut même l'idée de simuler très habilement un suicide en direct au cours d'une célèbre émission littéraire de télévision.

Cet acte aurait peut-être fait la une des quotidiens, le lendemain, si la Troisième Guerre mondiale n'avait pas éclaté ce jour-là.

Le suicide de l'écrivain ne fut même pas mentionné en quatrième page des journaux. On vendit vingt-trois exemplaires de son livre.

Les assistés

En ce temps-là, les problèmes perturbants ne manquaient pas et le quotidien en dispensait à satiété, mais ceux du chômage avaient été résolus pour une raison d'une désarmante simplicité : partout, les salariés ne travaillaient plus qu'à mi-temps.

En effet, tant était allé l'homme au langage qu'il avait fini par y couler.

À l'ère atomique avait succédé l'ère de la parole. Le besoin de croire au sens profond de la vie, le refus de toute glaciale lucidité, la soif de se raconter, de justifier chaque sursaut psychologique, la névrose d'analyser son cas personnel, de se confesser par téléphone, à la radio, à la télévision, à son psychanalyste ou en public ; toute cette hystérie amorcée depuis plusieurs décennies devint une nouvelle façon de vivre à l'aube du XXIe siècle.

En effet, plus personne ne travaillait à temps complet, les lois en avaient décidé ainsi. Une moitié de la journée devait être consacrée au travail et l'autre à disséquer ce que l'on vivait, pourquoi on avait agi ainsi, ce qu'il aurait fallu faire et ce que l'on ferait ou ce que l'on s'interdirait de faire.

Au commencement était le verbe. À la fin, également.

L'autre

On m'avait prévenu que débarquer sur P. Bis, planète strictement parallèle à notre Terre, réservait des sensations assez surprenantes. Se voir dédoublé et installé dans une vie absolument conforme à celle qu'on avait toujours menée sur Terre ne pouvait être que fort déroutant.

Plus déroutant encore que j'aurais pu l'imaginer. Je retrouvai le décalque exact de mes amis et ils exerçaient tous la profession que je leur connaissais, de même que leur domicile m'était familier.

Mais, moi, en revanche, je n'étais pas exactement moi. Alors que j'avais toujours vécu très mal de ma plume de romancier en marge de stupides boulots peu lucratifs, sur P. Bis j'étais un journaliste brillant, très connu et fort demandé. Et surtout, je n'avais pas épousé la même femme, ce qui expliquait sans doute ce déraillement dans ma carrière. J'eus alors l'idée de rechercher la femme qui avait été la mienne sur Terre et j'appris qu'elle vivait toujours, mais aux États-Unis, mariée à un architecte de Boston. Alors là, je ne comprenais plus du tout, je me perdais dans un dédale d'absurdes conjectures.

L'explication était pourtant d'une lumineuse évidence. Sur Terre, la jeune femme que j'avais épousée à la fin de la guerre n'aurait pas pu rencontrer cet

Américain puisqu'il était mort le 6 juin 44 en débarquant sur la plage d'Arromanches. Mais sur P. Bis, le débarquement avait eu lieu le 5 juin, comme prévu initialement.

Ce qui avait épargné et tué d'autres hommes.

L'avant-garde

Aux commandes d'un ordinateur très sophistiqué qui contrôlait toutes les manœuvres d'une usine métallurgique, cet artiste à la pointe de l'avant-garde avait réussi à sculpter, sans aucun outil, de grossières masses de bronze d'une tonne dont la découpe brutale rappelait très exactement les silex taillés de l'âge de pierre.

L'avis

Il était le dernier homme à survivre tant bien que mal dans l'unique maison encore intacte d'une banlieue de la capitale entièrement détruite quand il reçut là-bas un dernier avis avant saisie que lui envoyaient les contributions.

La banlieue

Je l'avais rencontrée dans un grand café du centre de la ville. Un vendredi, à l'heure du déjeuner alors qu'elle prenait un café avant de retourner au bureau où elle était secrétaire.

Elle avait des yeux bleus assez tristes, un visage pâlot, des cheveux plutôt blond foncé, une bouche un peu amère, un joli corps qui sentait le manque de soleil et d'exercices physiques. Elle lisait, en édition de poche, le livre d'un auteur dont on avait beaucoup parlé récemment. Je lui fis remarquer, sans autre préambule, que ce texte était le plus connu de son auteur, mais également le moins bon. On en parla sans transition, comme si nous avions déjeuné ensemble et que nous en étions au dessert. Ce qu'elle disait ressemblait à son visage : feutré, doux et triste, assez lucide en fin de compte. Et, surtout, elle n'avait rien de la méfiance agressive de la plupart des filles nées dans une grande ville. Je ne m'étonnai pas d'apprendre qu'elle habitait en banlieue, qu'elle avait toujours vécu là-bas.

Je lui demandai si elle pouvait dîner avec moi. Elle regrettait, mais ce soir elle devait dîner en famille avec ses parents et sa sœur mariée. Mais elle pouvait déjeuner avec moi demain. Comme elle ne travaillait pas ce jour-là et qu'elle n'avait pas très envie de prendre le train de tous les jours, elle me donna rendez-vous dans sa banlieue. Au Café du Coin, à l'angle de la rue de la République et de la rue du Général-de-Gaulle. J'acceptai. Je ne me déplaçais qu'en Solex ; je n'avais jamais été dans cette banlieue qui me paraissait si lointaine, presque mythique, mais il faisait très beau et j'aimais beaucoup rouler dans le soleil et le vent.

Elle s'appelait Nicole Moreau.

Le lendemain, après avoir louvoyé durant plus d'une heure dans le dédale de deux banlieues voisines, j'arrivai au cœur de celle où Nicole m'avait donné rendez-vous. L'avenue de la République s'y jetait dans l'avenue du Général-de-Gaulle que je remontai en me disant qu'elle risquait fort de me rejeter jusqu'à la rue du Général-de-Gaulle. Où, sans nul doute, je trouverais la rue de la République et le Café du Coin.

Je ne me trompais pas.

Malgré le temps perdu à parvenir jusque-là, je n'avais que cinq minutes de retard. Et Nicole était déjà là, attablée au fond de la salle. Elle me dévisagea un instant, sans expression particulière, puis détourna la tête. J'allais m'asseoir à sa table quand je vis qu'elle avait des yeux sombres. À part cela, elle ressemblait à Nicole comme une sœur.

Je crus à un hasard, mais, au comptoir, buvant un verre de bière avec un homme, il y avait une autre Nicole. Plus petite cependant, plus potelée et nettement plus âgée. Mais elle avait les mêmes yeux, le même visage. Celui que Nicole aurait sans doute à trente-cinq ans.

Je sentis à cet instant un singulier pressentiment monter en moi, diffus et pourtant aveuglant. Je sortis de ce café, je repris mon Solex. Cette fois, je m'engageai dans la rue de la République. À trois cents mètres, je freinai devant l'établissement que j'attendais : le Café du Coin, au croisement de la rue de la République et d'une autre rue du Général-de-Gaulle.

Les deux jeunes femmes qui consommaient, l'une un café, l'autre un jus de fruits dans ce café, ressemblaient si bien à Nicole que j'aurais pu jurer qu'elles faisaient semblant de ne pas me reconnaître. Mais je ne soupçonnais rien de semblable, la vérité était différente, je le savais déjà. De toute façon, l'une d'elles était vêtue trop pauvrement pour être confondue avec Nicole et l'autre avait un air de vamp des faubourgs qui ne pouvait pas me donner le change.

J'allai vers la jeune femme modestement accrochée à sa tasse de café. Elle eut une réaction de recul vaguement craintif quand je lui dis à brûle-pourpoint :

— Vous vous appelez Nicole Moreau, non ?

— Bien sûr, dit-elle. Comment le savez-vous ?

Je le savais. Comme je savais tout le reste. Du moins l'essentiel. Toutes les femmes domiciliées dans cette banlieue ni pauvre ni cossue ressemblaient à la Nicole rencontrée en ville. Toutes s'appelaient Nicole Moreau. Et elles ne pouvaient aller qu'à un Café du Coin, au carrefour de la rue de la République et de la rue du Général-de-Gaulle, puisque tous les cafés et toutes les rues portaient ces noms-là, jamais un autre.

Et, dans tous les cinémas, on donnait le dernier film de J.-J. Beineix : *38 °6, l'après-midi.*

(Publié en 1986 dans les Cahiers du C.C.I., *Centre G. Pompidou.)*

La bille

C'est avec un enthousiasme affairiste que cette importante multinationale de la métallurgie avait acheté à prix d'or une planète lointaine qui n'était qu'une énorme bille de métal. Lisse et vierge de tout autre détail. Du métal, donc de la matière première, à perte de vue.

L'enthousiasme tomba cependant de plusieurs degrés quand on comprit qu'il paraissait impossible d'entamer le sol luisant de ce monde de métal. Les foreuses se rendirent ridicules et volèrent en éclats. On employa ensuite les grands moyens, les marteaux-pilons les plus puissants, des chalumeaux géants, des seringues faites pour injecter des acides corrosifs, des canons de l'armée capables de trouer n'importe quel blindage. On en vint même à larguer une bombe qui aurait pu pulvériser plusieurs blockhaus superposés. Rien n'y fit. On n'arriva même pas à creuser un trou dans cette masse compacte, on ne fit même pas une légère éraflure sur ce sol dont l'éclat brillant paraissait un glacial défi. Qu'on se résigna à ne pas relever.

Sur Terre, la société était sur le point de déposer son bilan ; le coût colossal de cette aventure galactique risquait de l'entraîner dans une faillite sans fond.

Un quart d'heure avant de s'embarquer dans la

dernière fusée à destination de la Terre, un ouvrier, qui n'avait plus soif, déversa sur le sol immaculé le contenu de son verre de bière. Au milieu d'un nuage de fumée ocre, il vit se former un véritable petit cratère dans le métal qui, au contact de ce liquide tellement anodin, fondait comme du beurre.

L'homme éclata de rire, haussa ensuite les épaules et ne signala le fait à personne. Cette planète ne lui disait rien, il y faisait trop chaud, et l'avenir de l'entreprise le laissait froid.

Le bois

Vint le jour où le bois, matériau si banal, devint rare, très rare, puisqu'on avait rasé et saccagé presque toutes les forêts.

Alors on en arriva à récupérer à prix d'or tout ce qui était fabriqué en bois, meubles, portes, étagères, et partout on construisit des usines qui convertirent ces tonnes de bois travaillé en bois brut. On refit artificiellement des milliards de petits arbres. Que l'on implanta dans toutes les plaines et les vallées pour les changer en forêts à exploiter dans un avenir plus ou moins proche.

Les bombes

D'abord, il y eut les bombes.

Personne ne comprit jamais d'où elles venaient, qui les avait lancées. Elles explosèrent sans bruit, sans aucune déflagration de lumière, inodores, incolores, et elles ne blessèrent personne alors qu'elles tombèrent à des milliers d'endroits répartis sur toute la surface habitée de la Terre.

Les effets des bombes se firent sentir partout le surlendemain seulement. Presque personne ne se rendit à son lieu de travail, aucun responsable politique ne prit la parole, aucun patron ne manifesta le besoin de donner la moindre directive, les journaux cessèrent de paraître et les chaînes de télévision ne diffusèrent plus d'images ; les banques et les postes n'avaient même pas ouvert leurs portes, tout le trafic sommeillait, personne ne se souciait de veiller aux intérêts du commerce, les moteurs des usines s'étaient tus. À tous les niveaux, seuls régnaient la démission, l'abandon, le laisser-aller, l'indifférence généralisée.

Les bombes avaient contaminé toute l'humanité. Elles avaient étouffé à jamais chez les hommes tout germe d'ambition, toute notion d'intérêt ou d'arrivisme.

Les créatures d'outre-Terre, fort ambitieuses celles-là, qui envahirent le monde un mois plus tard, ne rencontrèrent pas la moindre résistance et, sans transition, elles passèrent du stade de conquérant à celui de colonisateur d'une glaciale désinvolture. Avec à leur disposition des milliards d'esclaves amorphes. Mais tout à fait utilisables sous la contrainte.

La boulimie

D'abord, il y avait eu les coureurs automobiles, les joueurs de football, ces idoles de la foule, qui fascinaient tellement de téléspectateurs qu'on pensa à les barioler de placards publicitaires.

Suivirent les navigateurs solitaires, les boxeurs et les joueurs de tennis qui devinrent d'agiles supports de la publicité directe.

Et comme la crise des années 80 ne fit que s'amplifier pour tourner à la débâcle, l'hystérie des publicitaires tomba dans la démence boulimique. On commença par donner une aumône mensuelle aux chômeurs pour les transformer en chatoyantes réclames sur deux pattes. Puis les salariés y passèrent, contraints et forcés sous peine de perdre leur emploi. Ensuite, les cadres pour vanter exclusivement les produits hauts de gamme. Enfin, les hommes politiques et les P.-D.G. déguisés en panneaux vivants de leur parti ou de leur entreprise. Et, bien entendu, les écrivains, les peintres, les cinéastes et tous les ratés de l'art qui furent ravis de pouvoir enfin faire, rien qu'en s'exhibant, de la publicité pour leur chère personne.

Cela donna une explosion permanente de couleurs dans les rues qui se termina par une indigestion générale. Les hommes en effet, déjà sonnés par les infos radio, vidéo et télé, se transformèrent peu à peu en mécaniques hagardes. Incapables de réflexion, de choix ou d'initiative. Même télécommandées, elles se révélèrent erratiques.

Et, avec le temps, moins de temps qu'on n'aurait pu le croire, pathologiquement inaptes à acheter quoi que ce soit.

Le budget

À coups d'intox et de propagande, ces deux pays voisins s'étaient forgé une réputation d'ennemis héréditaires et, un jour, ils décidèrent de se déclarer la guerre.

Une guerre qui, selon toute probabilité, serait assez équilibrée car les deux pays étaient également prospères, surdéveloppés, dotés d'un armement de haute technicité et ils possédaient tous les deux une ample réserve de ce qui coûtait le moins cher dans une guerre : les vies humaines.

On allait les sacrifier dans l'allégresse quand les financiers qui tiraient les ficelles des deux pays calculèrent le prix moyen d'une journée de conflit avec armement moderne et ils furent d'accord pour le trouver exorbitant, franchement au-dessus de leurs moyens.

Ils se réunirent alors au sommet et conclurent un accord pour entreprendre une guerre propre et loyale, économique et raisonnable. On ne mobilisa en effet que les hommes de plus de soixante ans qui coûtaient très cher à l'État en allocations et retraites vieillesse, on stipula qu'ils ne combattraient qu'avec des fusils démodés, des revolvers et des baïonnettes.

Cette guerre à l'ancienne se révéla fort bénéfique et demeura célèbre sous l'appellation de « guerre de Vingt ans ».

Le bureau

Les Terriens, lancés à la conquête de l'espace, mirent plus de cent cinquante ans avant de découvrir, au fond d'une galaxie perdue, un monde habité par des humanoïdes laborieux qui, comme les humains, connaissaient l'ennui de travailler dans des bureaux. Morne activité strictement inconnue ailleurs.

Une seule différence, malgré tout : le dimanche était le seul jour ouvrable, les six autres étaient des jours de congé.

Les chats

On s'était si souvent demandé, et depuis longtemps, à quoi les chats pouvaient bien penser.

Tapis au plus profond de leur solitude, enroulés autour de leur chaleur, comme rejetés dans une autre dimension, distants, méprisants, ils avaient l'air de penser, certes.

Mais à quoi ?

Les hommes ne l'apprirent qu'assez tard. Au XXIe siècle seulement.

Au début de ce siècle, en effet, on constata avec quelque étonnement que plus aucun chat ne miaulait. Les chats s'étaient tus. On n'en fit pas un drame. En fin de compte, les chats n'avaient jamais été tellement bavards : sans doute ne trouvaient-ils vraiment plus rien à dire à présent.

Puis, plus tard, on releva un autre fait.

Plus singulier celui-là, beaucoup plus singulier : les chats ne mouraient plus.

Quelques-uns mouraient évidemment par accident, écrasés par un véhicule, le plus souvent ; ou emportés en bas âge par quelque maladie particulièrement pernicieuse. Mais les autres évitaient la mort, lui échappaient, comme si cette fatale échéance n'avait plus existé pour eux.

Cette énigme, personne ne la perça jamais.

Leur secret était simple, pourtant. Les chats, depuis qu'ils vivaient sur terre, n'étaient jamais sortis de leur indolence native pour accomplir, comme les hommes, mille petits tours savants. Ils avaient toujours laissé les hommes s'occuper de leur sort, leur procurer la nourriture, le confort et la chaleur artificielle. Eux, libérés de tout, avaient toujours vécu dans une sorte d'hibernation idéale, bien dosée, parfaitement mise au point, ne songeant qu'à mieux se concentrer, douillettement lovés dans leur bien-être.

Les chats avaient eu beaucoup de temps pour penser. Ils avaient beaucoup pensé. Mais alors que les hommes pensaient à tort et à travers, au superflu de préférence, les chats, eux, n'avaient pensé qu'à l'essentiel, sans cesse, sans se laisser distraire. Ils n'avaient médité, inlassablement, au cours des siècles, qu'un seul problème.

Et, à force d'y penser, ils l'avaient résolu.

Publié en 1974 dans *Contes glacés*,
Marabout, épuisé.

Les chiffres

Un jour, enlevant son alliance qu'il portait depuis dix ans, il constata avec stupeur qu'il y avait quatre chiffres gravés à l'intérieur alors qu'il aurait pu jurer n'avoir jamais fait graver aucune inscription.

2.4.92

Il pensa immédiatement à une date : 2 avril 1992. Ce ne pouvait pas être celle de sa naissance. Ni celle de son mariage. Ni même celle de la naissance de son unique enfant né en 1989. Il sentit alors une vague de froid lui descendre dans le corps en pensant que cela pouvait être la date de sa mort prochaine puisqu'on était en 1991. Mais il se retrouva en 1993 toujours en vie. Il oublia tout, d'autant plus que son métier de navigateur spatial ne comportait pratiquement plus de risques.

Il ne prêta aucune attention au numéro d'immatriculation de l'astronef dans lequel il embarqua un matin comme un autre : Z. 2492.

Ce fut la seule fusée qui explosa en plein ciel dans le courant de l'année 1998.

Le choix

De toutes les races de la Galaxie 4G, les Aldruses de la calme planète Aldrar semblaient les plus doux, les plus pacifiques. Et, ce qui ne gâchait rien, les plus évolués. Les voyages interplanétaires leur étaient familiers depuis des siècles et ils avaient abordé sur bien des mondes lointains, en simples touristes avides de connaissances. Sans jamais la moindre idée de conquête ou de profit, notions qui leur étaient inconnues.

Comme ils allaient de plus en plus loin, ils en arrivèrent à pénétrer dans notre système solaire. Et sans hésiter, ils négligèrent les planètes inhabitables pour foncer vers la Terre. Qui, vue de haut, à bord de leur astronef de croisière, leur parut pittoresque, accueillante et garnie d'une nature indiscutablement fort variée.

Ils choisirent pour atterrir une région tropicale de jungle luxuriante, criblée de plans d'eau, de montagnes et de hauts plateaux où se poser serait facile. Toute la contrée paraissait vierge de villes et ils préféraient cela pour un premier contact. Aborder en dehors de quelque centre urbain leur avait toujours paru une règle élémentaire de prudence, surtout qu'ils ne savaient même pas se servir d'un pistolet à eau ou d'un couteau.

Il leur fallut atteindre le sol pour voir l'environnement se métamorphoser à leurs yeux et les laisser muets, transis de stupeur, devant un spectacle auquel ils ne comprenaient absolument rien. Sur leur flanc gauche, toute une forêt venait d'exploser en un seul gigantesque chaos de flammes. Sur leur flanc droit, des hommes hagards tentaient de traverser une rizière bourbier et presque tous s'écroulaient déchiquetés par des rafales d'invisibles mitrailleuses, hurlant et titubant, disloqués, ensanglantés, broyés dans un vacarme d'apocalypse. Sur le plateau, des hélicoptères atterrissaient pour s'ouvrir par l'avant et dégueuler des canons, des hommes, des armes lourdes tandis que d'autres hélicoptères aussi bruyants embarquaient, avec la frénésie de la panique, des mutilés en sang, des morceaux d'hommes et des cadavres enfermés dans des sacs-poubelle.

Le tumulte était si intense que personne ne remarqua l'arrivée des Aldruses tombés du ciel, venus de si loin. Ce ciel qu'ils regagnèrent sans perdre une seconde, fonçant loin de ce brasier aberrant sans demander leur reste.

Manque de chance, ils avaient débarqué en plein centre d'un théâtre opérationnel, au cœur même d'une sauvage embuscade, événement banal d'une journée de guerre comme une autre. Mais cela, ils ne le comprirent jamais puisque tout concept de meurtre leur était étranger.

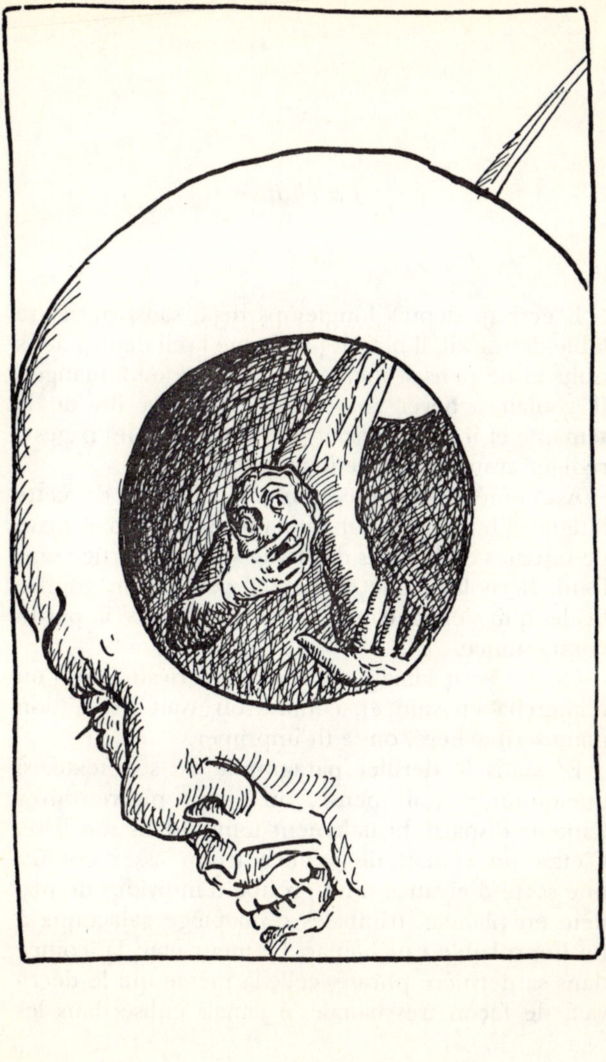

La chute

Il écrivait depuis longtemps déjà, sans quitter sa table de travail, il n'avait pas fermé l'œil depuis deux nuits et ne pensait même plus à boire ou à manger. Il voulait achever son roman avant la fin de la semaine et il ne lui restait plus que quelques pages à rédiger avant d'inscrire le mot FIN.

Assommé de fatigue, titubant au fond de cette fatigue, l'homme sentit soudain qu'il tombait privé de muscles et de nerfs dans une sorte de vertige sans fond. Il vit la feuille de papier devenir un gouffre livide qui s'entrouvrait, se creusait, puis il perdit connaissance.

On ne revit jamais nulle part l'écrivain que l'on rechercha en vain et, comme on avait trouvé son manuscrit achevé, on le fit imprimer.

Et, dans le dernier paragraphe de son texte, si quelqu'un y avait pensé, on aurait pu retrouver l'auteur disparu, brutalement tombé dans son livre. C'était un roman de science-fiction assez confus, une sorte d'errance d'un groupe d'individus de planète en planète, trimbalés d'un piège galactique à un improbable cauchemar. L'auteur était là, coincé dans sa dernière phrase, celle-là même qui le décrivait, de façon très banale, à jamais enlisé dans les marais gluants d'une planète perdue que personne ne découvrirait jamais puisqu'elle n'avait jamais existé.

Les clichés

D'après les estimations, 250 000 Japonais eurent le temps et l'idée de prendre un cliché de l'explosion atomique qui devait les tuer et raser Tokyo à la fin de la guerre sino-japonaise de 2014.

Le code

Depuis le temps que les deux mégapuissances se défiaient, on pouvait s'attendre à les voir passer aux actes. Cela se déroula à l'aube, un jour de printemps, à 4 h 10. Et, à 4 h 20, l'un des deux pays capitulait, exsangue, hébété, avec un exemplaire bilan de 23 villes entièrement rasées et 45 000 000 de morts.

Quant au pays vainqueur, il était intact. Rien n'avait survolé son territoire, aucune fusée, aucun avion, et rien n'avait heurté son sol. Intact sous le coup d'une irréfutable logique : aucun missile macabre de croisière n'avait décollé du territoire ennemi. Pour une raison tout aussi logique, mais inexplicable : en effet, on s'était heurté à un imprévu de choc quand on avait demandé au grand ordinateur de donner le code autorisant le déclenchement immédiat de tous les missiles.

Sur des centaines d'écrans féeriques avait clignoté en allègres scintillements et douces phosphorescences une seule information : ATTENDONS INSTRUCTIONS COMPLÉMENTAIRES. CONSULTEZ RÉFÉRENCE 00142YTOU88POI.4352.

Le temps de décoder cette référence et ce qu'elle pouvait bien signifier, tout était consommé, consumé.

Terminé, à tout jamais.

La colonisation

C'est au début du XXIe siècle — celui qu'on allait appeler l'ère de la Conquête — que les Terriens décollèrent de leur monde pour en découvrir d'autres, de plus en plus lointains, de plus en plus insolites parfois.

Après les premières et prudentes explorations, on catapulta des pionniers sur toutes les planètes habitables, on installa des bases et on fit le point.

Ivres de vieux rêves si longtemps refoulés, les Terriens avaient mis les bouchées doubles et dénombrèrent près de 60 planètes qu'ils pouvaient annexer puisqu'ils y avaient débarqué sans problème. Et d'immenses ressources naturelles, depuis les minerais rares jusqu'aux réserves de pétrole, il y en avait sur presque tous les mondes abordés. La plupart d'entre eux étaient habités, rarement surpeuplés, parfois presque déserts. On y trouvait tout un échantillonnage de créatures qui allait du cousin plus ou moins plausible de l'homme à la chose encore larvaire en passant par une grande variété d'humanoïdes capables de bricoler des balbutiements de civilisation. Même ceux qui étaient bipèdes et savaient se servir de leurs doigts ne semblaient pas beaucoup plus imaginatifs que nos castors terrestres. Nulle part les Terriens n'avaient rencontré la moindre agressivité, la moindre résistance à une occupation du terrain. Jusqu'à preuve du contraire, le Terrien était vraiment le seul guerrier de l'univers, le seul tueur professionnel.

Tout allait donc pour le mieux dans les meilleurs des autres mondes. Il ne restait plus à l'homme qu'à entrer d'un pas résolu, l'œil avide et la main rapace, dans l'ère de l'exploitation des terres conquises, du pillage organisé et de l'extraction forcenée des produits rentables de chaque planète. Bref, construire l'épopée qui allait marquer ce XXIe siècle : la colonisation galactique.

Et pour arracher aux dizaines de mondes colonies d'outre-Terre leurs richesses et leurs trésors inexploités, pour les entasser ensuite dans les astronefs-cargos à destination de la Terre, on se souvint évidemment des leçons du passé : réduire les indigènes en esclavage et les mettre au travail sous les ordres du Terrien tout-puissant, utiliser à plein temps et bas prix l'innombrable main-d'œuvre que l'on trouvait sur place.

Le projet était ambitieux, mais son impitoyable logique avait déjà cimenté la vieille saga du profit qui faisait la gloire de la Terre patrie.

Cette fois, cependant, en très peu de temps et à l'échelle de tout l'univers, on dut admettre une évidence capable de tout remettre en question : seul le Terrien avait en lui le sens inné de l'ambition, du sérieux, du gain et de l'effort. Aucune autre créature en vie loin de la Terre n'était capable de travailler, aucune n'avait jamais pensé à se mettre au travail, aucune ne pouvait comprendre ce concept exclusivement humain.

Et c'est en vain que les hommes tentèrent de changer l'ordre des choses. Rien n'y fit : ni l'apprentissage en douceur ou sous la menace des pires sanctions, ni la persuasion par l'exemple ou de tortueux raisonnements.

En désespoir de cause, c'est dans le vaste réservoir de la Terre que l'on dut puiser des travailleurs de force pour les envoyer, à grands frais, à mi-chemin de l'infini sur soixante planètes différentes. Cela coûta bien plus cher que n'auraient pu le croire les financiers des gourmandes multinationales : en interminables voyages pour faire un va-et-vient incessant souvent aléatoire, en vies humaines surtout car il fallait sans cesse remplacer les hommes qui crevaient comme des mouches pour des raisons imprévisibles, difficiles à détecter, comme d'autant de cancers dont on ignorait tout.

Voilà pourquoi on appela l'année 2020 « l'an I de la Faillite ». La colonisation ruina en effet la Terre en moins de deux ans. Et cette prospère planète ne s'en remit jamais.

La communication

C'est à bord d'un machin spatial qui ressemblait à n'importe quoi sauf à un de nos astronefs que des créatures venues du fond de l'espace débarquèrent pour la première fois sur Terre.

Aussitôt, cette irruption provoqua un gigantesque afflux de bagnoles, de camions militaires, de blindés, de cars télé et radio qui firent le cercle, avec les badauds, autour de la chose crachée par le ciel. Et on vit surgir des êtres indéfinissables pour nous, en marge de nos critères et de nos mots, donc vraiment non humains, mais apparemment peu dangereux, sans doute pacifiques, même s'ils semblaient assez agités.

Et surtout, même si cela paraissait difficile à admettre, on comprit que ces créatures inexprimablement différentes de nous tentaient de communiquer, non pas avec les humains qui les entouraient, mais uniquement avec les engins motorisés ou électroniques qu'elles devaient prendre, non sans logique, pour les seuls responsables intelligents et les maîtres de cette planète.

Les complices

Bons pères et bons chrétiens, les cosmonautes vécurent un grand moment d'exaltation en abordant, après tant de déceptions métaphysiques, sur un monde habité par des créatures, non seulement intelligentes, mais profondément catholiques.

Pourtant, leur joie vira à la consternation quand ils apprirent que, là-bas, les textes sacrés parlaient d'un Jésus le Père et de son fils Jehovah mort crucifié pour la rédemption de l'Homme.

Le contact

Ce n'est qu'en 2011 que, venus du plus profond des ténèbres, les Aldryges entrèrent en contact avec les Terriens alors qu'ils tournaient autour de la Terre depuis quelques décennies sans jamais avoir eu l'intention d'y débarquer.

Lucides et sceptiques, donc très prudents, ils s'étaient toujours méfiés, non pas de la race humaine puisqu'ils en faisaient partie, mais des humains de la planète Terre. Qu'ils jugeaient agressifs et névrosés, fous d'ambition comme de cupidité, et viscéralement xénophobes, donc très dangereux. Surtout que les Aldryges avaient mis toute leur éblouissante technologie au service de la vie et toute leur répugnance à servir la mort. L'usage d'une arme quelconque ne les intéressait pas plus que sa fabrication.

Mais c'est sans la moindre appréhension de quelque violence qu'ils décidèrent, en 2011, d'entrer en communication avec les Terriens. Ils ne risquaient vraiment rien parce qu'ils avaient attendu longtemps le moment propice : sur Terre, la crise du pétrole virait à la tragédie ; chez eux, les réserves de carburant étaient inépuisables. On allait pouvoir s'entendre. Avec un maximum de courtoisie, plus que probablement. L'hypocrisie au nom du profit, c'était sacré pour le Terrien.

La première conférence se déroula au plus haut niveau comme il fallait s'y attendre, et les dix Aldryges envoyés en mission diplomatique furent reçus en grande pompe dans un lieu encore plus pompeux par un Comité international de hauts responsables des questions pétrolières.

Les discussions préliminaires durèrent toute une journée sans interruption. Conscients de recevoir à l'improviste une véritable manne céleste, les hommes mirent les bouchées doubles et pédalèrent dans l'éloquence sans éviter de tomber dans la grandiloquence. Avec une longue habitude du sérieux monocorde, ils déversèrent des giclées de propositions, de clauses, de restrictions, de futurs litiges, d'accords de principe et d'hypothèses de base. Nés taciturnes et renfermés, les Aldryges se contentaient d'écouter et de donner poliment le change. Les interminables discours leur étaient inconnus et cette mitraillade de prétentieuses abstractions ne suscitait pas le moindre écho en eux, pas le moindre intérêt. Ils avaient à la rigueur la sensation d'avoir subi durant près de huit heures un sourd bruissement continu privé de sens.

Ils se levèrent en fin de séance et affirmèrent être d'accord avec tous les points énoncés. Ils se proposaient d'en discuter en haut lieu chez eux et de revenir avec les contrats à signer.

Mais les Aldryges ne revinrent jamais sur Terre.

Ils avaient quitté la conférence dans un tel état d'hébétude, tellement engourdis par ces heures de monologues à la fois simplets et solennels qu'ils eurent du mal à décoller de ce monde où l'ennui semblait une véritable glu, un état de fait admis comme la pesanteur ou la respiration. L'affronter une deuxième fois ne leur serait pas venu à l'esprit.

Sur leur monde, ils ne parlèrent même pas de ce

qu'ils avaient vécu. Ils abandonnèrent à tout jamais les Terriens à leur affolement devant la pénurie et à leur rage de voir une affaire de vie ou de mort leur échapper.

Les Aldryges étaient évidemment partis sans laisser d'adresse. Et même s'ils en avaient laissé une, les Terriens auraient été bien en peine de parvenir jusque-là. Eux qui avaient à peine fait quelques pas trébuchants sur la Lune, cette banlieue.

La continuité

Après avoir longtemps hésité sur le choix des moyens, assez large il faut dire, les hommes décidèrent de régler leurs comptes à la bombe à neutrons.

La réussite de l'entreprise dépassa toute espérance : absolument tout ce qui vivait fut rayé de la carte et le décor demeura intact dans toute sa formidable complexité.

Et si quelqu'un avait dû débarquer sur la Terre, il aurait constaté avec perplexité que dans ce gigantesque désert, à l'intérieur de tous les foyers du monde, sur tous les petits écrans de télévision s'inscrivaient sans fin ni entracte des films, de graves débats politiques, des variétés puériles, des reportages lardés d'hypocrisie humanitaire, des feuilletons tous semblables entre eux, des émissions soporifiques inlassablement rediffusées dans le vide, à travers les ans et les ondes.

En somme, sur ce plan, rien n'avait changé.

La conversation

Il avait quitté son bureau d'assurances plus tôt que d'habitude et il était rentré chez lui, en banlieue, où il vivait avec sa femme dans une modeste maison.

Sans être vu, il entra par la cuisine et s'arrêta près de la porte du living restée ouverte. Il entendit une voix qu'il connaissait bien, celle du grand ordinateur qui prenait en charge, comme dans beaucoup de foyers aisés, les mille soucis domestiques du quotidien. L'homme savait que l'ordinateur conversait avec sa femme et il écoutait, assez décontenancé. Jamais son ordinateur ne lui avait adressé spontanément la parole et, quand on l'interrogeait, il répondait d'une voix courtoisement glaciale, avec une évidente économie de mots. Alors que, là, capté à l'improviste, son dialogue semblait celui d'un ami de la famille, parfois assez véhément, souvent méprisant, toujours teinté de sentiments bien définissables. De même, l'homme ne pouvait mettre en doute qu'on ne parlait que de lui.

— Il se lance d'ailleurs, affirmait justement l'ordinateur, dans des frais qu'il ne pourra jamais assumer. Son compte en banque sera à découvert de 30 000 francs dans deux mois.

— C'est impossible, dit la femme. Nous avions

plus de 40 000 francs le mois dernier et nous n'avons pratiquement fait aucune dépense.

— Vous non. Mais il vient de retirer 20 000 francs la semaine dernière.

La femme s'exclama que ce n'était pas possible, il devait avoir une maîtresse qu'il entretenait, elle avait d'ailleurs des soupçons car depuis plus d'un an il sortait au moins deux fois par semaine tout seul. L'ordinateur cassa ce raisonnement en quelques phrases.

— Non, il ne s'est jamais intéressé aux femmes. Pas plus que vous n'êtes intéressée par les hommes. C'est pour cela que vous restez ensemble. Comme 85 % des couples qui ne se séparent pas après plus de cinq ans de vie commune. Sa passion inavouée, c'est le jeu. Le poker. Il joue gros et perd souvent.

— Il pourrait inviter ses partenaires à jouer ici, fit remarquer la femme.

— Bien sûr, mais il ne ferait que gagner s'il jouait sous ma surveillance. Et son plaisir secret, c'est de perdre. Alors qu'il veut désespérément gagner.

L'homme écoutait, incrédule. Son ordinateur ménager en savait plus sur lui que n'auraient pu en savoir un détective privé ou un psychanalyste. D'autant plus qu'il déballait des séquences vécues très loin de son rayon d'action. Il poursuivait d'ailleurs avec une égale lucidité :

— Gagner au jeu serait la seule façon de satisfaire son besoin de vivre au-dessus de ses moyens. Parce qu'il n'est ni très doué pour les affaires ni très ambitieux. Ce n'est pas un battant, mais un perdant.

L'ordinateur enchaîna en affirmant que, de toute façon, l'achat à tempérament d'une résidence secondaire avait été une folie, comme celle de se payer un ordinateur de son type qui devait l'endetter durant toute une vie, à moins de la prolonger au-delà de quatre-vingt-quinze ans.

La femme lui donna raison et se plaignit qu'en revanche elle devait sans cesse mendier de l'argent pour s'habiller ou s'acheter la moindre babiole. Elle ajouta qu'elle détestait les émissions télé dont son mari se gavait en permanence alors qu'il l'empêchait de regarder ce qu'elle aimait. L'ordinateur était d'accord avec elle. Il trouvait son mari égoïste et ridiculement intoxiqué par les émissions sportives.

Le mari en question jugea à cet instant qu'il en savait assez. Il sortit de la maison sans se faire remarquer et gagna à pied le bar le plus proche où il commanda un double whisky. Il n'eut pas besoin de vider la moitié de son verre avant de comprendre qu'il ne reviendrait jamais sur la décision qu'il venait de prendre.

De toute évidence, son ordinateur d'appartement avait bien plus de points communs avec sa femme que lui n'avait jamais pu en avoir, même aux débuts de leur mariage. Ils semblaient vraiment faits l'un pour l'autre, surtout qu'ils ne risquaient pas d'affronter les malentendus liés aux relations sexuelles. Il se rendit compte qu'en somme, depuis des années, il ne servait qu'à les entretenir tous les deux dans un domicile qui lui coûtait également très cher. Et puisqu'ils s'entendaient si bien entre eux et si mal avec lui, ils n'avaient qu'à rester vivre ensemble. Lui, il ne comptait plus remettre les pieds à la maison, pas même pour prendre une chemise de rechange.

Et il pouvait éliminer tout scrupule à l'idée de disparaître en laissant sa femme sans pension alimentaire avec un compte en banque à découvert. Les raisonnements intuitifs de l'ordinateur en disaient long sur ses facultés cachées. Il pourrait de toute façon jouer à la Bourse sans risque de se tromper et gagner beaucoup d'argent. Assez d'argent pour entretenir sa propriétaire et payer les versements mensuels de son achat à crédit.

La coupure

Le directeur littéraire de cette importante maison d'édition était satisfait. La nouvelle de science-fiction que venait de lui apporter un de ses meilleurs auteurs serait sans nul doute le chef-d'œuvre de l'anthologie qu'il allait mettre sous presse. Un seul sujet de tracas : cette nouvelle dépassait les cinquante pages, ce qui déséquilibrait l'ensemble. On demanda donc à l'auteur s'il pouvait la raccourcir d'une dizaine de pages. Ce qu'il accepta sans discuter. Des idées, il en avait toujours eu à revendre et il avait la conviction que, dans la plupart des cas, en coupant judicieusement un texte on l'améliorait. Il ne mit donc pas plus de deux heures à alléger son récit en le réduisant à trente-neuf pages.

Coupe franche qui allait mettre tout un avenir en coupe.

En effet, dans ces onze pages destinées à la poubelle et jamais imprimées, il y avait un paragraphe, apparemment assez anodin, qui abordait et réglait à la légère, par quelques pirouettes, le problème d'une incurable et ravageuse maladie que les médecins impuissants considéraient comme la peste de l'aube du XXIe siècle. Mais sous certaines hypothèses qui semblaient parfaitement saugrenues se dissimulaient non seulement une vérité à laquelle personne n'avait pensé, mais une cascade de découvertes qui pouvaient mener à la guérison de ce mal meurtrier.

Et cette coupure jugée sans importance par son auteur, qui l'oublia d'ailleurs instantanément, allait secrètement changer tout un pan d'avenir de l'humanité : en ne remettant rien en question, en laissant les choses suivre normalement leur cours.

Soit une marche du temps qui mena des millions d'êtres humains au cimetière.

Le créateur

On aurait quand même pu se demander si les hommes ne faisaient pas tout pour éviter les vérités essentielles. Ils arrivèrent même à passer au large de la planète Fryge, l'ignorant totalement alors qu'elle leur aurait réservé une surprise de choc : là-bas, fait unique dans l'univers, il y avait un Dieu.

C'était un gigantesque cerisier dont la hauteur frisait les mille mètres et qui, à un rythme régulier, dégorgeait à ras du sol, par ses racines, de petites cosses rouges grouillantes. Elles ressemblaient à des cerises, mais dotées de minuscules membres atrophiés et d'une basse intelligence qui leur permettait de vivoter de façon larvaire. Leur semblant d'existence se limitait à un seul acte : s'accrocher au tronc et aux branches de l'arbre pour y trouver leur nourriture végétale et monter au ralenti, millimètre par millimètre, le plus haut possible. La plupart des cerises opiniâtres n'arrivaient pas à plus de deux ou trois cents mètres au-dessus du sol. Elles perdaient l'équilibre ou bien ne trouvaient pas assez de nourriture pour garder leurs forces ou alors elles se battaient à mort pour gagner quelques millimètres de terrain. Elles tombaient à pic alors, s'écrasant impitoyablement au pied de l'arbre Dieu. Et, de toute façon, celles qui parvenaient à passer la barre des huit cents mètres ne pouvaient guère aller beaucoup plus haut : le vent furieux qui soufflait à cette hauteur les arrachait au tronc et les précipitait dans le vide, en chute libre vers la mort.

La date

Quand ce pape si médiatique, inlassable touriste de la misère des années 80, put enfin aller se balader dans les temps passés pas trop lointains, son premier acte fut de se transporter, en 1942, dans les camps nazis pour apporter son réconfort aux déportés avant qu'ils ne pénètrent dans les chambres à gaz.

La déception

20 h 30 déjà... Je me rends compte en entrant dans ce café du centre que j'ai sans doute manqué mon rendez-vous de ce soir avec Nadine, la petite blonde rencontrée juste avant de quitter la Terre pour Elfryge où j'avais un important rendez-vous d'affaires.

Elle aurait quand même bien pu m'attendre plus d'une demi-heure, elle savait qu'Elfryge n'était pas située en banlieue et que les astronefs les plus perfectionnés pouvaient toujours avoir un peu de retard quand ils parcouraient des millions de kilomètres. Et impossible de prévenir chez elle, je n'ai pas son numéro de téléphone, mais peut-être aura-t-elle l'idée d'appeler ici. À moins qu'elle ne soit pas venue au rendez-vous de 20 heures, ce qui est également possible et signe la fin d'une aventure qui n'aura pas eu le temps de commencer.

Je m'installe donc au bar, je commande un whisky, j'écoute le tintement des glaçons dans le verre, je me perds dans la fumée alanguie de mon cigarillo, je la trouve en harmonie avec mon besoin de rêvasser, engourdi par la fatigue du voyage, avec le regret de ne pas être resté sur Elfryge pour y passer la nuit. Tout cela pour rejoindre une inconnue pas bien frappante, déjà brumeuse dans mes pensées.

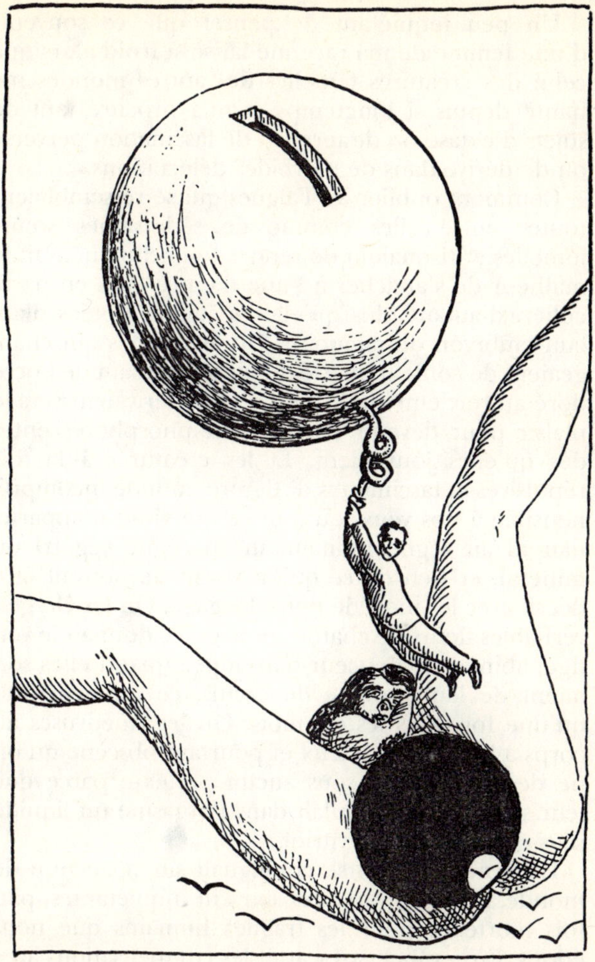

Un peu inquiétant de penser que ce souvenir d'une femme de ma race me laisse si froid alors que celui des créatures femelles des autres mondes me hante depuis si longtemps et m'a procuré tant de sujets d'extase ou de terreur, de fascination perverse ou de dérive dans de morbides délectations.

Comment oublier les Falgues qui se ressemblaient toutes entre elles comme de séduisantes sœurs jumelles et risquaient de rendre fou celui qui avait le malheur de s'attacher à l'une d'entre elles en particulier, d'autant plus qu'elles n'étaient dotées d'aucun embryon de mémoire. Ou les Tyrdes qui changeaient de couleur au gré du plaisir, passant de l'ocre doré au vert émeraude quand elles dérivaient vers le plaisir pour devenir entièrement phosphorescentes dès qu'elles jouissaient. Et les créatures à la fois répulsives et fascinantes d'Algrare, monde incompréhensible à nos yeux, où tout ce qui vivait n'appartenait ni au règne humain, ni au règne végétal ou minéral, et rien de ce qu'on voyait ne pouvait être décrit avec les mots de notre langage. Ou les Grèges, véritables fleurs de chair dont la grâce donnait le vertige, abîmes de douceur détrempée quand elles sortaient de leur gangue de cactus, ce qui n'arrivait qu'une fois tous les six mois. Ou les Anédruses au corps à la fois si gracieux et pourtant obscène qu'on ne devait pénétrer sous aucun prétexte parce que leur sexe abyssal éjaculait dans l'orgasme un liquide plus corrosif que du vitriol.

L'éternel féminin se conjuguait sur beaucoup de monde, avec des variantes souvent inquiétantes, parfois mortelles pour les fragiles humains que nous étions. En revanche, il y avait les compensations avec des créatures qui, de façon secrète, semblaient la mise en relief de fantasmes impossibles à trouver dans le monde féminin de notre terrier terrien. Et comment oublier l'amour avec certaines d'entre elles ? Aldrège au corps d'orchidée diaphane dont, après une aventure si douce d'une seule nuit, je causai la mort en lui inoculant le germe, incurable pour elle, d'un rhume de cerveau. Calcyde qui changeait à vue avec une telle désinvolture en faisant l'amour qu'on passait d'un mirage à un autre et qu'on en arrivait souvent à s'exciter sur une superbe femelle ivre de jouir pour soudain se retrouver prisonnier d'une méduse géante, d'une femme en creux plus dangereuse qu'un sable mouvant ou d'un inextricable bouquet d'orties. Sylge, dotée d'une inhumaine beauté qu'on ne pouvait capter qu'avec douleur et regrets, sans aucune chance de séduire Sylge née aveugle, sourde, muette, privée du sens du toucher comme presque tous les vivants de sa planète moribonde. Iriade qui me frappa avec une telle fulgurance et que je cherchai en vain à attirer jusqu'à un deuxième rendez-vous, entreprise sans espoir puisque son temps ne correspondait pas au mien et que les minutes de sa vie n'avaient aucune chance de coïncider avec les miennes. Aglorode qui me voua une telle passion parce que la pousser jusqu'au bout de la jouissance m'était si facile sur un monde où les mâles avaient un pénis qui ne dépassait jamais quatre centimètres. Chrysale qu'il fallait séduire et baiser en quelques heures seulement car elle se fanait et se desséchait durant ce laps de temps, passant du stade de radieuse nymphette à celui de tige rabougrie. Et Mygalide, plus envoûtante que n'importe quelle Terrienne, avec des seins aussi excitants que ses fesses, un ventre et des jambes qui avaient de quoi rendre fou quand on pensait qu'elle n'avait aucun sexe ouvert entre ses cuisses et pas davantage de bouche au milieu du visage puisqu'elle était lisse et bouchée de partout. Ou celles qui me laissaient de lancinants regrets comme Anédruse si triomphalement en vie dans son corps compact, toujours bronzé, que je mordis un jour au cou pour voir avec stupeur tout son sang s'écouler en une seule inexplicable hémorragie impossible à juguler. Ou Dryse que je désirai pendant des semaines, envertigé par ma soif de jouir en elle, ce qui m'était interdit puisque mon sexe n'aurait jamais pu se libérer de son superbe vagin aspirateur toujours en action. Alors qu'en revanche le con d'Algryge dégoulinait en permanence avec une telle tendre fureur qu'on pouvait y puiser une jouissance qui durait des heures, trop d'heures pour nos faibles capacités.

J'en suis à ce point culminant de mes regrets et à mon quatrième whisky quand Nadine arrive en s'étonnant de me voir déjà là alors que c'est elle qui a plus d'une heure de retard.

Encore englué dans mes nostalgies d'outre-Terre, avec cette lucidité tranchante que donnent les premiers verres de whisky, je considère Nadine sans indulgence et c'est avec quelque perplexité agacée que je fais sa connaissance.

Un fait est déjà assuré : face à toutes les sidérantes sidérales qui m'ont si souvent pompé l'influx nerveux, elle ne fait pas le poids. Elle est de taille moyenne, plus jaunâtre que blonde, avec des yeux bruns maussades et méfiants, une bouche avare trop mince, une peau de recluse à perpétuité. Ses seins tombent déjà alors qu'elle ne doit pas avoir vingt-cinq ans, elle a les fesses trop grasses à force d'être toujours rivées à une chaise, les jambes trop maigres, un peu de ventre et des mains de laveuse de vaisselle.

Visiblement épuisée par une journée sans intérêt,

elle ne peut parler que d'elle-même avec un souci aigu du détail privé de tout intérêt, hantée par le sérieux, allergique à toute dérision. Je n'ai pas besoin de lui poser la moindre question pour tout savoir d'elle depuis les tréfonds de l'enfance jusqu'aux confins de l'avenir immédiat. En revanche, elle ne m'accorde pas le moindre intérêt et aucune vibration d'équivoque ne passe entre nous. Quelle différence avec les autres mondes où aucun échange de phrases creuses n'est jamais possible, où chaque rencontre ne peut être qu'une explosion de perversité ou d'ambiguïté, de désirs primitifs ou refoulés, de peur excitante ou d'attirance de l'insondable.

Avec Nadine, que je connais depuis deux heures à peine, je vis exactement le contraire : j'ai la sensation molle, un peu écœurée, d'entendre des mots entendus depuis des siècles, de regarder une terne salariée de la médiocrité comme il y en a dans tous les bureaux et tous les bistrots, de me demander, incrédule, pourquoi j'ai ressenti, à des millions de kilomètres d'ici, le besoin de revenir à l'heure de cet insignifiant rendez-vous.

Je n'ai même pas de questions à me poser sur ce qui m'attend cette nuit. Sans vrai désir de la part de Nadine, avec une simple inertie de ma part, nous passerons cette nuit ensemble parce que nous sommes tous les deux venus à notre rendez-vous dans cette intention, sans pulsions, sans impulsions.

Je cherche une phrase un peu aguicheuse à lui adresser, je n'en trouve pas. Je cherche à en provoquer une, je ne trouve pas l'amorce non plus. Je passe un doigt pour effleurer les seins de Nadine, elle me fait remarquer qu'elle déteste les démonstrations en public. Je lui demande pourquoi elle est venue ce soir, elle me répond qu'elle ne voit pas pourquoi elle ne serait pas venue.

Je suis sur le point de lui dire que je préfère rentrer seul et la quitter sur ce point final quand un sursaut de veulcrie me pousse à commander un autre verre. Au point où j'en suis, il ne me reste que deux solutions : demeurer lucide, privé de toute envie vraie de faire l'amour à Nadine, donc dégoûté par ma faiblesse. Ou boire assez pour m'oublier, m'exciter artificiellement, et risquer d'être impuissant au moment de passer aux actes.

C'est la solution que je choisis. L'ivresse peut passer pour la politesse des méprisants. Elle me convient souvent, sans doute parce que j'ai le mépris de plus en plus facile. Ce qui explique également pourquoi je ressens une attirance croissante pour les créatures femelles des ailleurs lointains. Parce qu'on ne peut pas ressentir de l'indifférence ou du raisonnablement réchauffé pour ce qu'on ne comprend pas, ce qui échappe aux raisonnements, aux conventions, au convenu, au convenable. Je suis devenu un perverti, sans m'en rendre compte. Une perversion qui risque de me ruiner, sinon la santé, du moins le compte en banque. Aller voir les extraterrestres, ça coûte quand même plus cher qu'aller voir les putes.

La décision

Dans cette importante entreprise, les demandeurs d'un emploi, modeste ou exigeant au contraire de réelles capacités, avaient exclusivement affaire à un seul ordinateur.

Qui les questionnait, les psychanalysait, leur faisait passer des tests, les piégeait et les soupesait, examinant à la loupe toutes les facettes de leur profil de futur employé.

Il fallut attendre plusieurs années avant de comprendre que les décisions finales, définitives, de refus ou d'engagement, l'ordinateur les avait toujours jouées simplement à pile ou face.

La découverte

On avait toujours imaginé qu'on entrerait triomphalement dans l'an 2000. La réalité se révélait assez différente : on y entrait en plein cauchemar.

Depuis dix ans, en effet, le monde entier vivait rongé par la lèpre des temps modernes : le sida. Non seulement on n'était pas arrivé à le combattre, mais sa progression, loin de décroître, se révélait plus foudroyante de mois en mois.

Si l'on admettait que le cul avait toujours eu une importance flagrante dans l'histoire des civilisations, la fin de ce siècle avait basculé dans une régression que personne n'aurait pu prévoir au début des années 80. L'homme désormais pensait moins au profit qu'à sa survie, plus à la prudence qu'à la soif de jouir, plus à la constante menace de mort qu'aux ivresses de vivre. C'est dire que toute la vie sexuelle, sociale, cérébrale et quotidienne de l'être humain avait été bouleversée.

Chaque individu se retrouvait fiché, matriculé, pisté, et ses relations sexuelles étaient minutieusement contrôlées par ordinateur, mais aucune précaution et aucune apothéose de technicité n'arrêtaient la croissance du mal. Malgré les progrès spectaculaires de la médecine sur tous les autres fronts — puisqu'on avait même réussi à ralentir le vieillissement des cellules —, l'espérance de vie était tombée à quarante ans. Inexorablement.

La communication par Minitel était devenue la glaciale sauvegarde de la sexualité et, dans l'ensemble, l'unique terrain des rapports amoureux. Le sida portait décidément bien son nom : Société d'Inhibition du Désir amoureux. 95 % des nouvelles relations sexuelles passaient par les ondes ou les petits écrans et tous ceux qui étaient en âge ou en appétit de faire l'amour avaient à leur disposition leur Minitel et sur un écran annexe une image vidéo du partenaire sélectionné. Hommes et femmes, homos et hétéros en étaient presque tous réduits à la branlette par les mots et l'image, l'imagination et la perversion. Séduire n'avait plus aucun sens, faire bien ou mal l'amour non plus, il ne restait plus que l'instinct de se satisfaire sans risquer sa peau, donc en évitant tout contact charnel.

La prostitution, le racolage ou toute forme de drague dans la rue comme dans un lieu public étaient prohibés par la loi. Dans les bistrots ou les bars, plus personne n'aurait pris le risque de se laisser tenter par une aventure dans l'incertitude de l'inconnu. Tout ce qui avait fait le charme, l'équivoque et l'ambiguïté des rencontres et des amours fugitives appartenait à un passé à jamais révolu. Tout juste si, prudemment, on échangeait des numéros de téléphone ou des codes de Minitel.

D'une façon générale, les contacts physiques étaient réduits aux accouplements légalisés des couples mariés, de préférence depuis peu de temps, et garantis vierges par certificat médical.

Le monde en était là, le glas avait sonné pour le couple libéré et, bien entendu, depuis des années, avec une allégresse retrouvée les cloches de toutes les religions puritaines chantaient le retour à la pureté sous la menace du châtiment divin.

Mais ce monde, on dut entièrement le réviser, le repenser quand, en 2020, éclata l'atterrante vérité : depuis quelques décennies, c'était l'usage forcené du Minitel qui donnait le sida. On dut admettre le fait sans le comprendre. Mais qui sait ? Peut-être que les contacts charnels avaient fini par devenir si froids, tellement automatisés que les ondes échangées par électronique s'étaient avérées plus intimes.

Les déductions

On aurait pu se demander ce que venaient faire ces hommes à 5 heures du matin sur cette plage déserte de la mer du Nord qui, à marée basse, découvrait des kilomètres de sable gris.

Pour répondre vraiment à cette question, il aurait fallu admettre une vérité assez difficile à avaler : ces hommes n'étaient pas des Terriens, mais des êtres humains nés ailleurs, arrivés sans avatars d'un monde singulièrement lointain.

Ils avaient débarqué sur cette immense plage privée de station balnéaire en observateurs, secrètement, chargés d'une simple mission d'investigation sommaire. Ils ne devaient rester que le temps de prélever quelques échantillons arrachés à la nature de la Terre : un sachet de sable, de la vase marine, des coquillages, des algues, plusieurs galets, un bocal d'eau de mer. Et ils trouvèrent aussi dans des creux de rochers deux créatures vivantes : un tourteau et un homard, ce qui leur parut un coup de chance inespéré.

Un quart d'heure plus tard, ils repartaient aussi discrètement qu'ils étaient arrivés.

Ils analysèrent immédiatement, sans prendre le risque d'une altération, les matériaux collectés. Cela ne leur prit pas beaucoup de temps et le verdict tomba sans appel : « Planète ayant atteint un degré de pollution qui la rend inhabitable. » Et, en étudiant le tourteau et le homard conservés dans un aquarium d'eau de mer, ils comprirent que ces créatures survivaient parce qu'elles se nourrissaient de pollution justement. Et, avec non moins de logique, ils en déduisirent que ces petits monstres enfermés dans leur carapace devaient être les seuls êtres capables de survivre sur la Terre. Et que, de toute évidence, ni leurs pinces maladroites ni leurs facultés larvaires ne leur permettaient de créer le moindre embryon de civilisation.

Irréfutable logique, sans doute, mais en porte à faux sur des raisonnements de myopes. Ce qu'ils étaient effectivement, ces hommes tellement évolués venus de si loin. Ils ne voyaient pratiquement plus rien à cinquante mètres de leur nez. S'il n'en avait pas été ainsi, ils auraient repéré en débarquant sur cette plage du Nord, tellement industrialisé, les énormes cheminées d'une usine bâtie à quelques kilomètres au-delà des dunes.

Le défi

Son voilier était en vue du cap Horn.

Mais il y avait trois jours déjà que le navigateur solitaire était en vue de ce cap et il ne semblait pas s'en rapprocher.

Il naviguait au près serré contre les vents d'ouest qui ne faiblissaient jamais et, malgré le vent établi à force 6, il ne gagnait jamais que un ou deux milles au prix d'incessants virements de bord pour louvoyer et il perdait du terrain quand le courant lui était défavorable. Son voilier tellement désuet était trop trapu, trop court, et ne pouvait que mal remonter au vent : quand il portait toute sa toile il gîtait exagérément, ce qui le ralentissait, et quand on réduisait la voilure il tapait dans les lames comme s'il n'arrivait même plus à les passer.

L'homme en était à se demander par quelle aberration il avait pensé, en 1999, à doubler le cap Horn dans le mauvais sens, ce que plus personne ne faisait depuis un siècle. À quoi pouvait bien rimer cet absurde défi qui ne pouvait rien lui apporter ? Ni la gloire puisqu'il ne visait aucune performance et n'avait prévenu personne de son départ. Ni la satisfaction de dépasser ses propres limites parce qu'il avait horreur de ce genre de pari, surtout face à la mer qu'il craignait et respectait. Il pensa quand même qu'inconsciemment il rendait peut-être hommage à tous les marins du XIXe siècle qui avaient payé de leur vie le passage du Horn contre le vent, à bord de ces hautains trois-mâts qui mettaient parfois des semaines à doubler lc cap avec leurs grandes voiles carrées si mal conçues pour serrer le vent.

Il n'avait pas fermé l'œil depuis quarante-huit heures, rien avalé de chaud depuis tant de jours, il n'avait plus rien de sec à se mettre sur le dos et les embruns le flagellaient en permanence d'une eau glacée qui ne devait pas dépasser trois degrés. Il en arrivait à vaciller en lui-même, comme pris de vertiges, érodé par le froid, l'humidité, l'épuisement, le découragement. À certains moments, il voyait même trouble, il pouvait aussi avoir des visions fugitives, des sortes de mirages aberrants comme celui qu'il encaissait dans les prunelles depuis plusieurs minutes : devant l'étrave de son bateau qui naviguait à trois ou quatre milles des côtes du Horn, plusieurs dizaines de petites voiles bigarrées, barbouillées de couleurs lumineuses, dansaient sur fond gris sombre de lourds nuages ; elles se déplaçaient à une allure incroyable, disparaissaient parfois dans le creux des lames, puis resurgissaient pour sauter d'une vague à une autre, atteignant de stupéfiantes hauteurs.

Le navigateur lâcha de l'écoute pour prendre l'allure du bon plein et se rapprocher de la côte, du mirage qui ne se dissipait pas, et bientôt il pénétra au cœur même du mirage devenu progressivement une sidérante réalité. Une réalité d'une grande banalité sur toutes les plages du monde depuis les années 70, mais d'une explosive absurdité au large de cette côte maudite : faisant inlassablement l'aller-retour dans des vagues de terreur entre le large et la côte, pris par un vent de travers furieux qui les faisait surfer à plus de vingt-cinq nœuds, une soixantaine de véliplanchistes virtuoses se jouaient des lames à bord de leurs planches de fun ultralégères, aussi détendus qu'ils l'auraient été sous le soleil des Caraïbes ou à deux cents mètres d'une plage de Floride. Enfermés dans leurs rutilantes combinaisons isothermiques, douchés en permanence de la tête à leurs pieds nus, ils se riaient du froid comme ils passaient à travers n'importe quelle déferlante et dépassaient au planing n'importe quelle lame avec une souveraine insolence sans jamais se faire prendre de vitesse par l'enroulement naufrageur des vagues.

Et sur la côte, au milieu d'un éboulement chaotique de rocs, entre deux avalanches de récifs, sur une plage de sable sans doute artificielle, on avait édifié un modeste bungalow réservé à ces camés de la planche à voile. LES FOUS DU HORN annonçait un panneau aussi racoleur que s'il avait été cloué dans le ciel touristique de la Côte d'Azur.

L'homme sentit la stupeur le faire vaciller. Il en arrivait à ne plus savoir où il était ni surtout à quelle époque il vivait. D'une part, depuis des jours et des jours, il se sentait coupé de tout, refoulé au cœur des affres marines d'un siècle révolu ; d'autre part, devant cette vision improbable, il se retrouvait basculé en plein cœur de son époque ivre de promotion, de vitesse et de performances dans le vent.

Ne pouvant aborder avec un quillard sur une plage réservée aux planches à peine équipées d'un petit aileron, regrettant de ne pouvoir aller boire un verre dans une atmosphère de vacances folles aux antipodes, il borda ses voiles, lofa pour virer de bord, laissa filer ensuite l'écoute et, renonçant à doubler le Horn, il se laissa aller au portant pour regagner le port d'où il était parti, sur l'océan Atlantique.

Qui donc, dans le courant des années 50, aurait imaginé qu'un jour on pourrait défier n'importe quelle mer déchaînée, n'importe quel vent avec un bout de toile de cinq mètres carrés accroché à un mât gringalet rivé à une planche de quelques kilos seulement et qui, de plus, coulait quand on se juchait dessus sans vent, donc sans vitesse ?

— Personne, soliloqua le solitaire. Pas même un fou visionnaire.

Mais il savait aussi qu'il ne pourrait plus s'extirper de la mémoire la scène vécue au pied du Horn et qu'il ne reprendrait plus jamais la mer.

Le délit

Comme dans tous les endroits publics de la grande ville, les consommateurs de ce banal café buvaient en silence ou murmuraient des mots fonctionnels, figés, momifiés dans le sérieux ambiant, engrisés par une discipline sans faille.

Personne ne parut prêter la moindre attention à l'irruption brutale des policiers de la brigade spéciale des mœurs que la direction venait d'appeler par téléphone. Ils se ruèrent sans hésiter vers une table du fond, empoignèrent deux clients qu'ils jetèrent sans ménagement dans le fourgon cellulaire. Leur compte était bon, ils en auraient pour dix ans au moins : on les avait pris en flagrant délit de rire et de plaisanter au cœur d'un endroit public.

Le dénouement

Cela faisait des années qu'il naviguait dans l'espace en solitaire. Et comme il débarquait au gré de ses lubies sur des planètes qu'il ne connaissait généralement pas, il croyait bien avoir tout vu. Des mondes d'insidieuse quiétude, d'autres éternellement balayés par des tempêtes impossibles à affronter ou dotés d'une telle réverbération solaire qu'ils n'étaient pas plus supportables ; sans parler des mondes qui rappelaient trop la Terre pour s'y attarder ou ceux qui distillaient un tel charme insolite que les quitter n'était pas toujours facile.

Mais le monde sur lequel il venait d'arriver ne lui donnait aucun sentiment de déjà-vu. C'était une planète sans nom parce qu'elle n'avait jamais été repérée, ne figurait donc sur aucune carte, mais si on avait dû la baptiser on aurait pu l'appeler la planète Terreur.

Aucun paysage, en effet, ne lui avait jamais donné une telle impression de sinistre. Ou plus exactement il semblait conçu, jusque dans ses moindres détails, pour répondre à la définition classique du lugubre.

Des lambeaux d'arbres morts et une végétation en décomposition transpiraient des reflets verdâtres. Une brume opaque rampait à ras du sol comme un énorme reptile laiteux. Un ciel d'orage plombait l'horizon en projetant une éternelle clarté de crépuscule hivernal. Des marais visqueux happaient dans leur boue mouvante des plantes vénéneuses ou carnivores qui semblaient agoniser dans la houle d'une mousse nauséabonde. Tous les détails de ce décor rappelaient les poncifs visuels des mauvais films d'épouvante.

Et pour parfaire l'ensemble, les créatures larvaires, qui mimaient un semblant de vie, étaient en subtile harmonie avec leur environnement de cauchemar : des masses de graisse grisâtres où stagnaient, proéminents, d'énormes yeux glauques, liquides, totalement inexpressifs, comme des bulles parasites à la surface d'un marais de mort. Ces masses presque informes se fondaient comme des caméléons dans la moisissure ambiante et elles émettaient de temps en temps de longs meuglements qui rappelaient assez ceux de quelque corne de brume.

Le tout, paysage et créatures vivantes, ne donnait pas seulement un fatal sentiment de répulsion, mais une sensation d'inachevé, de laissé en suspens entre le moisi, le stagnant et le mal fini. Tout pour pousser au malaise, le navigateur le sentit si bien qu'il ne pensa plus qu'à rejoindre son astronef de croisière pour décoller sans perdre trop de temps.

Il ne lui fallut que quelques instants pour constater que tout l'intérieur de cet astronef avait quelque chose de délabré, de rongé par la rouille, l'usure, la moisissure comme s'il était abandonné depuis bien longtemps. Plus rien ne fonctionnait, plus rien n'était utilisable. Il était enlisé sur ce monde aussi sûrement que s'il se trouvait pris dans la succion d'un marécage de sables mouvants.

Le navigateur regardait sans comprendre, il ne savait quelle question se poser, il ne comprit jamais.

Il n'aurait pas pu, la vérité semblait tellement improbable : en effet, il avait vu bien des mondes de cauchemar fort tangibles, le navigateur, mais cette fois il était tombé sur une planète que seul un auteur de science-fiction avait imaginée.

Un auteur assez médiocre qui ne se nourrissait que de clichés déjà exploités, ceux de l'épouvante et de l'horreur. Mais pour le navigateur le piège s'était refermé, irréductiblement, et jamais il ne pourrait s'en évader : la nouvelle dans laquelle figurait cette planète imaginaire avait été abandonnée en cours de rédaction par son auteur à court d'inspiration. Elle était demeurée à tout jamais inachevée, privée de dénouement.

La déportation

Dans ce Centre de recherches dont les secrets étaient bien gardés, on poursuivait un seul but depuis plus de vingt ans : projeter un homme dans le temps.

En se limitant, pour commencer, à un modeste parcours : jeter le sujet un an en arrière dans son passé, l'y laisser revivre une minute et le récupérer ensuite dans le présent.

On avait tenté l'expérience, des centaines de fois, avec des souris blanches et après des années de bavures, on réussissait à les faire revenir en bonne santé.

Enfin arriva le jour J. On allait tenter pour la première fois l'expérience avec un homme. On sélectionna un volontaire, heureux de l'être car condamné à mort par la justice. Gracié en cas de réussite, en toute logique.

Tout se passa comme prévu, sans aucun impondérable au cours de l'opération, mais avec un imprévu de choc à l'arrivée : quand on récupéra le sujet dans les temps, il était sourd, muet, aveugle et paralysé.

Donc aussi inutilisable qu'une souris. En revanche, pour supporter la détention à perpétuité, cet état-là en valait un autre.

Le dérapage

Le jour où il y eut un vrai dérapage dans le cours du temps, on vit avec quelque étonnement le soldat inconnu mort durant la guerre de 14-18 aller déposer une gerbe de fleurs sur la tombe du soldat inconnu de 39-45.

Le désert

C'est au milieu du XXIIe siècle que des êtres intelligents surgirent du fond de l'espace pour aborder sur la Terre qu'ils savaient dévastée de fond en comble par une guerre atomique remontant au début du XXIe siècle.

Le spectacle dépassait ce qu'ils auraient pu imaginer. Non seulement il ne restait plus de survivant de la race terrienne, mais aucune ville, aucun vestige d'architecture n'avait résisté au grand souffle nucléaire. Tout avait été réduit en cendres, aplani, changé en désert de mort et de grisaille.

Mais, à plusieurs endroits assez éloignés les uns des autres, les visiteurs découvrirent de profondes caves dont les blindages presque intacts avaient été mis à nu par les ravageuses explosions. Ils les forcèrent, se retrouvèrent partout cernés par des tonnes de papier découpé en rectangles, soigneusement rangés ; écrasés par des amoncellements de blocs de couleur jaune, très lourds, tous semblables entre eux, empilés les uns sur les autres. Et c'est en vain qu'ils essayèrent de comprendre la signification, occulte ou non, de ces murailles souterraines protégées avec tant d'ingéniosité et d'âpre prudence.

Le déserteur

Pacifiste convaincu, il l'avait toujours été.

Mobilisé à l'âge de vingt-deux ans au début d'une guerre mondiale, il avait en vain tenté de passer pour un objecteur de conscience et s'en était tiré par miracle en désertant le front pour regagner un pays neutre.

Il fut donc assez surpris le jour où il vit dans un livre d'histoire sa photo au-dessus de son nom dans un encadré qui annonçait sa mort exemplaire au champ d'honneur alors qu'il menait ses hommes au combat avec le grade de capitaine.

Il referma le livre, lut le titre et vit qu'il avait entre les mains un *Précis d'histoire du Futur.*

La différence

Le fait frappa les Terriens comme la foudre dès qu'ils eurent, à haute altitude, une vue plongeante sur la planète Urgouze : la configuration des océans et des continents était exactement celle de la Terre. Mêmes contours, mêmes étendues liquides ou solides. Mêmes paysages comme ils purent s'en assurer en atteignant le sol. Et comme il fallait s'y attendre, mêmes créatures indiscutablement humaines, capables d'intelligence et d'intuition, d'ambition et de persévérance dans le travail. Donc, de véritables frères de race.

Comme il arrivait souvent d'une planète à une autre, les temps vécus ne correspondaient pas aux nôtres et les Urgouziens vivaient l'aube de ce qui avait été notre XIXe siècle.

Mais, même si leurs facultés ressemblaient en tout point aux nôtres, leur civilisation était singulièrement en retard sur celle des Terriens à la même époque. Pour une raison simple, irréfutable : les Urgouziens n'avaient jamais pu aller à la découverte de leur planète en passant d'un continent à un autre par les mers et les océans. Tous étaient condamnés à rester sur le continent où ils étaient nés, où ils vivaient.

Ils avaient pourtant inventé le bateau depuis longtemps sans doute, mais ils ne s'en servaient que sur les fleuves et les plans d'eau intérieurs. En effet, à part le moteur qu'ils n'avaient pas encore inventé, aucune de leurs embarcations ne portait jamais la moindre voile. Pas même la plus sommaire qui, chez nous, remontait à la nuit des temps.

Il ne fallut que quelques heures aux observateurs pour avoir la réponse à toutes les questions. Personne sur Urgouze n'avait jamais pensé à concevoir une voile, personne n'aurait pu avoir une idée aussi saugrenue. Sur leur monde, à aucun moment, à aucune latitude, sur aucune mer, il n'y avait jamais le moindre souffle de vent. Et défier à la rame ou à la pagaie les milliers de milles des océans n'avait tenté aucune race d'Urgouze.

Le différend

Au commencement, il y eut non pas le verbe, mais Dieu.

Il se trouve qu'il était très paresseux, pas bien ambitieux et le néant lui convenait. Un jour, pourtant, peut-être par excès de désœuvrement ou par curiosité de ce qu'il était capable de faire, il créa un autre Dieu. Pas exactement un double ni un sosie, mais une sorte d'assistant qu'il avait voulu actif, inventif et arriviste sans trop savoir s'il était vraiment doué.

— Ça vous dérangerait de faire tout un monde à ma place ? lui proposa Dieu.

L'autre accepta sans rien manifester, mais il se mit au travail sans hésiter, le termina en peu de jours et Dieu estima que ce n'était pas plus mal qu'autre chose.

C'est alors que le verbe s'éleva entre le Dieu promoteur et le Dieu réalisateur. Le premier trouvait que rien ne devait être corrigé car ce monde à jamais figé, désert, hiératique, immuable dans l'éternité, convenait parfaitement à son tempérament indolent. L'autre jugeait ce monde encore informe et ne jurait que par de perpétuels renouvellements, du volcanique, de la vie en gestation vouée à la fatale destruction avec un grouillement de créatures vivantes, agressives et fragiles, destinées à jaillir un instant du néant pour mieux y retourner après usage.

Dieu, dépassé par l'absurde de ce programme fondé sur la mort, l'attaqua mollement et défendit plus mal encore ses options. Il traita son assistant créateur de fou furieux, de mégalomane et de sadique. Mais c'est quand même celui-ci qui eut gain de cause.

Et Dieu le père, vexé, la boucla une fois pour toutes.

La difficulté

La compétition fascinait de plus en plus de spectateurs, mais il fallait pédaler de plus en plus fort dans le spectaculaire pour les appâter.

Vint donc le jour où l'on estima qu'il fallait rendre le tennis, déjà si peu accessible au plus haut niveau, encore plus difficile. Alors un règlement draconien obligea les joueurs des grands tournois à utiliser des balles vertes sur gazon et rouge brique sur terre battue.

Les dirigeants

Étrange de penser que l'homme avait toujours cru être l'enfant préféré d'un Dieu ou alors la molécule d'un Grand Tout, au moins le maillon d'une chaîne cosmique. C'était à la fois si naïf et pourtant assez proche de la vérité.

Celle qu'il reçut de plein fouet quand on découvrit la planète Zéro I où vivaient, non pas nos créateurs, mais nos patrons, nos P.-D.G. en quelque sorte.

Zéro I devait être une des plus petites planètes de l'univers et on n'y trouvait qu'une seule cité, une gigantesque ville de bureaux, d'immeubles commerciaux, de centres d'informatique d'une stupéfiante complexité et de réseaux d'ordinateurs pas moins impressionnants. Zéro I était, en effet, non seulement le centre nerveux de toute une civilisation, mais la véritable multiplanétaire toute-puissante qui trustait et dirigeait en secret, de haut, cinq planètes satellites, parmi lesquelles la Terre. Terra Quater, pour eux.

Quater, comme catastrophe, depuis toujours. L'exception décourageante car les autres planètes tributaires de la maison mère spatiale tournaient dans la prospérité pour tous, l'harmonie et l'esthétique, la douceur de vivre et de profiter à plein rendement des bénéfices dont Zéro I prélevait en douce un pourcentage que personne ne soupçonnait. Seule la Terre n'avait jamais été qu'une source de tracas, de problèmes et d'agacement pour la haute direction de Zéro I. Au gré du temps, les Terriens se révélaient de plus en plus imprévisibles, incurablement névrosés, hargneux, égocentriques, excessifs, violents, mesquins, scandaleusement rapaces ou alors exagérément indolents. Depuis des années déjà, sur Zéro I, on voulait en finir avec ces hommes qui, non seulement ne rapportaient plus le moindre avantage, mais ne pouvaient être qu'un exemple désastreux pour les autres.

C'est dire qu'à l'insu de tous, sournoisement, mais avec une implacable logique, on faisait tout en haut lieu, sur Zéro I, pour désagréger la civilisation terrienne, provoquer les faillites, généraliser la pollution, augmenter le chômage, étendre les ravages de la faim, attiser les constants conflits, la haine, la connerie, la fureur homicide, de quoi transformer la vie de la plupart des hommes en un seul cauchemar.

Plan sans faille, implacable et glacial, qui prouvait cependant une flagrante méconnaissance de la mentalité humaine, ce qui remettait tout en question.

L'homme en effet était un animal capable de faire n'importe quoi, mais également de s'habituer à n'importe quoi. Il ne pouvait se passer ni d'être sadique ni de se conduire en masochiste. Il tissait ses propres cauchemars, il en avait besoin. Il était son propre cancer, il en vivait comme il en mourait. Et sans ce bourbier de contradictions et d'horreurs, sans doute n'aurait-il jamais pu survivre.

Les P.-D.G. de Zéro I savaient peut-être gérer sans bavures les affaires galactiques les plus complexes, mais ils n'avaient jamais rien compris à l'homme et les divagations de la Terre leur échapperaient toujours. Le plus simple aurait été de rayer ce monde du catalogue de leurs succursales. Et de le faire avant de perdre la raison en pensant à tout cela.

La discrétion

Pour cette grande première galactique si longtemps attendue, les « autres » firent une arrivée particulièrement discrète.

Avec une seule fusée de taille modeste, fort silencieuse, peu spectaculaire, ils débarquèrent sur la place d'un gros bourg perdu en rase campagne, à plus de cent kilomètres d'un centre urbain de quelque importance.

Là, sous les yeux d'une population rustique qu'une Rolls aurait suffi à stupéfier, l'engin spatial dégorgea au ralenti une sorte de robot informe où se dissimulait sans doute une improbable créature. Qui ne se montra pas et ne prononça aucune parole.

Simplement, le robot émit, toujours au ralenti, une succession de brefs signaux lumineux à l'intention des badauds qui s'étaient amassés sur la place, incrédules, mais sans méfiance, car leur instinct paysan leur disait qu'ils ne couraient aucun danger.

C'était vrai : les invisibles créatures tombées du ciel avaient pris quelques instantanés des habitants terriens de ce village, puis elles étaient reparties en douceur, comme elles étaient venues. Sans même penser à prendre un cliché de la petite église romane du patelin, unique curiosité touristique de la région.

La disparition

Tout arriva en un dixième de seconde.

De tous les grains de sable susceptibles de tomber dans les rouages d'une civilisation de haute technicité, celui-là semblait vraiment l'un des plus improbables. Partout, sans explication plausible et sans le moindre signe précurseur, le chiffre 2 disparut du monde des mathématiques.

Pourquoi le 2 et pas le 4 ou le 7 ? Cela, on ne le découvrit jamais et on avait d'ailleurs d'autres cas à fouetter. Entre autres, celui de la civilisation qui s'effrita instantanément, à tous les niveaux. Le chiffre 2 venait d'être gommé de la réalité et l'arithmétique élémentaire s'écroula dans les arcanes de l'algèbre qui entraîna dans sa chute la chimie déjà catapultée par la physique réduite en miettes alors que l'astronautique pulvérisait les aberrations de l'informatique implosée au milieu d'une débâcle de la logique financière évidemment sans précédent.

La plupart des machines à fonctionnement simplet tombèrent en panne tandis que celles qui étaient à la pointe de la technique se désagrégeaient ou se voyaient prises de frénésie parfois meurtrière. Les ordinateurs et les milliards de gadgets électroniques qui dirigeaient le monde se mirent à bégayer des informations infantiles privées de sens. Les satellites artificiels se perdirent dans le néant, les avions se trouvèrent déroutés ou percutèrent de plein fouet des obstacles. Tous les tableaux de bord des transports furent pris de folie et leurs manipulateurs de panique. Le royaume des ondes n'était pas moins pourri et celui de l'électricité se déchiqueta en une succession de pannes générales ou de courts-circuits alarmants.

Tout ce qui avait été inventé, mis au point, perfectionné depuis tant de siècles explosait, déraillait, s'éteignait ou partait en lambeaux. Et plus rien n'était réparable puisqu'un chiffre précis ne se remplaçait pas par un autre. Cela se passait comme par hasard en 2002. Qui devint avec une impitoyable logique l'an 00. Il portait bien son nom.

La dissension

Leurs légendaires malentendus et leurs ressentiments n'avaient fait que s'amplifier, mais la panique gagna vraiment le monde des hommes quand ils apprirent que les femmes avaient la bombe atomique.

Les documents

Sur le plan technique, leur première mission d'exploration des planètes lointaines avait été une évidente réussite. Pas le moindre avatar alors que les dix navigateurs avaient découvert une vingtaine de planètes. Sur le plan humain, après ces longs mois de voyage en huis clos, les hommes se retrouvaient soulagés de ne plus devoir se supporter. Et sur le plan de la découverte, le résultat, à une exception près, ne pouvait que décevoir tout le monde.

Si le paysage de la Lune avait écœuré, autrefois, tous les esprits sceptiques par sa ressemblance avec une éponge Spontex ménage, les films documentaires rapportés par les explorateurs ne contenaient rien non plus d'assez exaltant pour attiser l'enthousiasme. Se perdre si loin dans les galaxies pour découvrir des mondes déserts de sable violet ou hérissés de forêts aux arbres rabougris, des planètes entièrement recouvertes de galets gris niçois ou de steppes encore plus monotones que celle de Sibérie, cela faisait beaucoup de kilomètres pour rien. Une seule surprise, mais elle pouvait peser lourd : le film, que personne n'avait encore visionné, pris sur le vif dans les dédales naturels d'une planète au décor si fascinant qu'on l'avait baptisée Perle.

Perle rare affirmaient les témoins alors qu'on allait projeter le film en comité réduit.

— Vous verrez, prologua l'opérateur. C'est un monde qui défie toutes les descriptions. Il faut le voir pour y croire. De doux félins bipèdes qui gambadent dans un monde de scintillements où tout change constamment, où tout semble translucide, cristallin, à la fois végétal et gazeux...

Il se tut, à court d'arguments, pour laisser l'image parler à sa place. Et le film déroula en silence une seule couleur gris-bleu sale, un modèle de monochromie, vraiment. Le paysage de Perle avait peut-être impressionné les voyageurs par son côté féerique, mais de toute évidence il n'impressionnait pas la pellicule.

Le double

Il y avait plus de quinze ans qu'il naviguait pour le compte de cette compagnie interspatiale. Il avait vu beaucoup de mondes qui nous étaient complètement étrangers ou d'autres subtilement différents du nôtre et il avait toujours pressenti qu'un jour il finirait par arriver sur un monde parallèle, en tout point semblable à la Terre.

Cela lui arriva en effet alors qu'il aurait dû être en congé cette semaine-là. Il reçut par Minitel des instructions très précises pour atterrir, rédigées en parfait anglais, et il fut aspiré, guidé vers un vaste terrain destiné aux départs et aux arrivées des astronefs galactiques.

Dans les bureaux de réception, on lui souhaita la bienvenue et on lui apprit que, pour la première fois, une fusée s'était dirigée vers la Terre où elle venait d'aborder sans incident. Avec un seul homme à bord, son double parfait. Tout était fort bien coordonné dans la logique des choses.

Il reconnut évidemment la ville qui s'étendait à quelques kilomètres de la base. Il y vivait depuis des années. Il reconnut aussi la femme qui l'attendait à la maison. Il ne lui fallut qu'une seconde pour se rendre compte qu'elle était la sœur jumelle de son épouse terrienne et qu'elle avait même cette vertigineuse cambrure des reins au-dessus d'un cul comme il en avait rarement vu. Mais elle avait quand même quelque chose de subtilement différent dans le regard : plus de douceur et de tendre ironie. Ce qui le fascinait toujours à coup sûr.

— Tu es déjà de retour ? demanda la femme.

— Oui. Le vol a été annulé, dit-il.

Le droit

Alors, trouver un emploi, même minable, devint si difficile que tous les salariés durent obligatoirement payer un droit d'entrée au bureau, fixé à 20 francs par jour pour les modestes employés et à 150 francs pour les chefs de service importants.

L'échange

En ce temps-là, on pouvait tenter de refaire sa vie. Il suffisait de se rendre à l'une des agences de tourisme dans le passé et de payer le prix — d'ailleurs assez élevé — du retour en arrière souhaité.

Il s'appelait David Aronstein et ne s'était jamais remis des deux ans passés au camp de Buchenwald où il avait quand même échappé par miracle au four crématoire.

Il se fit réexpédier en 1942, moment crucial de toute sa vie. Cette fois, il ne commit pas l'erreur de garder son vrai nom et d'accepter de porter l'étoile juive. Il contacta un réseau de trafiquants et acheta à prix d'or une fausse carte d'identité française au nom bien rassurant de Georges Rabois.

Il fut arrêté tout seul, dans la rue, au premier contrôle de ses papiers par la police de Vichy. L'humble Aronstein avait troqué son identité contre celle d'un homme que l'on soupçonnait d'être un chef de réseau de la Résistance. On le remit à la Gestapo qui le tortura, puis le fit fusiller quelques jours plus tard, sans autre forme de procès.

L'échéance

Il roulait sur son vélomoteur à pleine vitesse parce qu'il avait un train à prendre et qu'il ne voulait pas le manquer.

En principe, il aurait dû rester au bord de la mer, mais il avait donné rendez-vous à cette jeune femme qu'il avait rencontrée, la semaine précédente, dans un café de la capitale. Il ne connaissait que son prénom et s'il manquait l'heure du rendez-vous, il la perdait à tout jamais.

Il voulait vraiment la revoir, et se demandait d'ailleurs pourquoi cette envie le tenaillait avec une telle force depuis ces quelques jours. La jeune femme ne lui paraissait ni particulièrement intelligente, ni tellement séduisante, ni même bien équivoque. Il avait envie d'elle, comme ça, sans raison particulière, sans pouvoir s'expliquer la densité de ce désir.

Et pendant qu'il roulait, il brassait des images dans sa tête, des bribes de ce futur immédiat : comment il allait l'entraîner jusqu'à une chambre d'hôtel, où ils iraient dîner d'abord, ce qu'ils boiraient ensuite, comment elle réagirait, ce qu'il ressentirait en la déshabillant. Il ne voyait plus que ces images lui tourner dans les prunelles, il ne regardait plus du tout la route devant lui ; il n'avait même pas conscience qu'il prenait à toute allure des virages dangereux et qu'il roulait au milieu de la route.

Il ne vit que trop tard arriver, en sens inverse, le camion qui le percuta de plein fouet et le tua sur le coup.

La jeune femme qu'il avait rencontrée, la semaine passée, n'était évidemment pas LA mort. C'était plus modestement SA mort. Mais, de toute façon, il devait mourir dans l'année. La femme avec laquelle il restait vivre depuis trop longtemps l'aurait abattu au revolver dans une crise furieuse de jalousie. Et, si déjà il avait pu échapper à ces deux fins violentes, il se serait vu licencier par le rédacteur en chef de son journal qui le brimait depuis cinq ans, et, ne voyant plus comment survivre, il aurait mis fin à ses jours en décembre.

La mort, en effet, pour lui comme pour tous les humains, avait ses fidèles employés et de ponctuels délégués de remplacement.

L'économie

Les temps étaient durs pour les cinéastes, de plus en plus durs. Les budgets de plus en plus lourds, les recettes de moins en moins fructueuses.

Et comme cet abonné aux échecs commerciaux ne disposait que d'un capital de 5 000 francs pour tourner son quatrième long métrage, il filma en gros plan un homme qui rentrait fatigué dans sa chambre d'hôtel, allumait la télé et s'écroulait dans un fauteuil pour regarder un film américain qui durait deux heures et avait englouti 10 millions de dollars.

L'écran

On le considérait comme le plus grand acteur de sa génération.

Les médecins s'étonnèrent quand même, le jour où il dut subir un examen radiologique, de voir défiler entre ses côtes certaines séquences des films qu'il avait tournés.

L'élection

Aucun peuple n'avait jamais été aussi passionné par la politique que le français.

Jusqu'à l'aube du XXIe siècle où, pour la première fois depuis tant de décennies, des élections présidentielles, qui devaient en principe se jouer au couteau, s'annoncèrent dans un climat de singulière indifférence.

Les livres de propagande personnelle que signèrent les candidats avec l'assurance de défoncer tous les plafonds de la vente tombèrent tous à plat et un seul dépassa une vente de trois mille exemplaires. L'indice d'écoute à la télévision de leurs prestations de prestige oscillait entre 1 et 2 %. Les journaux ne consacraient aux trépignements des politiciens que de vagues notules et ne publiaient plus la moindre photo des personnalités qu'on avait pu voir quotidiennement dans toute la presse depuis tant d'années.

Le pourcentage d'abstentions au premier tour atteignit 75 %. Quant au candidat élu, il donna, vexé, sa démission dès le lendemain de son septennat : en effet, il eut à peine le temps de remercier en direct à la télé ceux qui venaient de l'élire, déjà sur toutes les chaînes en même temps, les techniciens dissimulés dans les coulisses avaient coupé le son et l'image.

Alors il fallut se rendre à l'évidence que certaines choses avaient changé.

L'électronique

Il avait déjà traversé en solitaire l'Atlantique à bord de son trois-mâts de 60 mètres de long, un de ces monstres bardés de gadgets électroniques alors que le même voilier, au cœur du XIXe siècle, aurait exigé un équipage d'une cinquantaine d'hommes.

Sûr de lui, il se jeta dans un nouvel exploit encore jamais tenté : le tour du monde en solitaire, sans escale, avec un trimaran survoilé, un géant de 40 mètres de long que six hommes auraient eu bien du mal à maîtriser dans un mauvais coup de vent.

Mais à bord de cette fusée de course tout était impitoyablement mis sur ordinateur, contrôlé par l'électronique. La moindre drisse, la plus petite poulie, toutes les écoutes comme le pilotage automatique, toutes les voiles comme chaque pièce d'accastillage étaient reliées à un seul tableau de bord plus complexe que celui d'un bombardier. Un seul homme devait suffire pour faire face à toutes les situations, depuis le souffle de force 1 que captait un spinnaker établi en un dixième de seconde jusqu'à la tempête de force 10 étalée sous trinquette avec toutes les voiles affalées comme par magie sans la moindre bavure. Et, de fait, le trimaran ne connut ni casse ni avatar, doubla le Horn comme s'il n'avait été que le cap de La Hague, défia le Pacifique et l'océan

Indien à une impressionnante allure de croisière, tout cela pour boucler ce tour du monde en un temps record qui serait difficile à battre.

On fut cependant frappé de stupeur d'apprendre que ce voilier avait accompli cet exploit sans problèmes, mais toujours au maximum de ses possibilités par tous les temps, alors que le navigateur solitaire n'avait pas bougé de sa maison de campagne d'où il avait commandé la navigation, à dix kilomètres à l'intérieur des terres.

L'embaumé

Cet écrivain redoutait non seulement l'idée de la mort, mais celle d'être jeté sous terre en pâture aux vers. Il avait donc exigé d'être embaumé, comme cela se faisait assez couramment au XXIe siècle, dès qu'on avait acquis un nom et une certaine renommée.

Sachant qu'il n'était pas assez célèbre pour se faire mettre sous verre dans un endroit public, il avait précisé qu'il tenait à rester dans son bureau et sa veuve avait respecté ses volontés en l'installant à sa table de travail, face à sa machine à écrire qu'il semblait toiser d'un air très digne, un peu compassé.

On fut quand même assez surpris de constater, quelques mois plus tard, qu'il avait écrit en douce un roman posthume.

L'enchantement

Ils venaient à peine d'aborder sur cette immense plage déserte de Galdryge et les hommes d'équipage, pourtant peu enclins au lyrisme, ressentaient tous le même émerveillement. Qui se traduisait en quelques mots simplets.

— Quel calme ! Quelle eau transparente ! Quel sable blanc immaculé ! Quelle douceur solaire ! Et quel air surtout !

Il faut dire que, même s'ils ne débarquaient en général que sur des mondes ingrats, souvent de véritables cloaques ou des amas de gravier, ce site de Galdryge dégageait une exceptionnelle douceur, un charme primitif qui s'était depuis longtemps perdu sur Terre.

Quelques hommes voulurent piquer une tête dans l'eau de cristal dont la température devait atteindre vingt-cinq degrés, le chef d'équipage les rappela à l'ordre.

— Pas question. Souvenez-vous de ce qui est arrivé sur Orgrèle que l'on avait pris pour une succursale des Caraïbes. Cinq hommes réduits en bouillie sous l'eau, en quelques secondes. On n'a jamais su par qui ou par quoi. Contentez-vous de regarder et de respirer.

Pour respirer à pleines narines, on respirait.

Jamais, nulle part, surtout pas sur la Terre, les hommes n'avaient humé un air de cette qualité, aussi pur, vaguement iodé, aussi vierge de toute pollution.

Une heure plus tard, les quinze hommes ressentaient les mêmes malaises : des maux de tête violents, des saignements de nez, des vertiges, des palpitations cardiaques et des troubles de la vue. L'embarquement immédiat fut ordonné, suivi d'un décollage non moins précipité.

Le médecin de bord n'eut pas de grandes difficultés à rendre son diagnostic. L'air, uniquement ; l'air de Galdryge était responsable de ces maux. Cet air d'une pureté tellement incomparable à celle, toujours discutable, de la Terre ; cet air vraiment d'ailleurs qui risquait d'être redoutablement nocif, peut-être même fatal, pour des organismes rodés à toutes les pollutions, bardés d'une quantité d'anticorps brutalement mis en déroute par un excès de pureté originelle.

Pour Jacques Brissot

Les enchères

En 2088, au cours d'une importante vente aux enchères, un réfrigérateur Bosch modèle 1985, dit rarissime, fut adjugé à une multinationale belge pour la somme de 7 millions de dollars.

Inutile d'en douter, on avait dû le prendre pour une œuvre du génial Jérôme Bosch.

L'énergie

Dès le premier contact, les hommes comprirent que la planète Necraulis portait bien son nom.

Un monde gris, sans aucune tache de couleur, sans noir et blanc, avec des paysages de plaines, de monticules, de talus pelés, d'étangs morts, d'arbres sans feuilles, un ensemble qui faisait penser à l'ombre de notre planète.

Les créatures apathiques et larvaires qui végétaient là-bas pouvaient également passer pour nos ombres. Elles avaient notre silhouette de tuyau doté de quatre membres, mais c'est à grand-peine qu'elles arrivaient à les mouvoir, au ralenti toujours comme si elles luttaient en permanence contre un air trop lourd. Elles n'étaient pas aveugles, mais probablement sourdes-muettes.

Apparemment, il n'y avait aucune raison d'éviter ces êtres si désarmants, désarmés, sans doute à peine capables de lever les yeux. Mais ce qui attendait ces explorateurs pourtant blasés, ils n'auraient pas pu l'imaginer. La première fois, ils ne comprirent pas ; et comme cela se répétait toujours de la même façon, ils en arrivèrent à se poser des questions assez déroutantes : dès qu'un homme s'approchait à deux ou trois mètres d'une créature de Necraulis, celle-ci s'écroulait lentement toute flasque, comme privée d'un tuteur, et demeurait inerte, liquéfiée, vidée de tout souffle de vie.

Quelques heures plus tard, la vérité frappait les hommes de plein fouet, effrayante de simplicité : pour ces êtres amorphes, vierges de toute vitalité, sans la moindre énergie, un être humain représentait une force radioactive d'une redoutable puissance puisqu'elle les foudroyait aussi sûrement qu'une invisible bombe nucléaire.

L'épopée

C'est en 2054 qu'une fusée partie de la Terre arriva pour la première fois à quitter le système solaire. Ce qui annonçait la conquête illimitée de l'espace, la découverte des mondes inconnus au fond des galaxies.

Toutes les grandes puissances consacrèrent l'essentiel de leur budget à la construction d'astronefs géants bardés de missiles et de lasers, de véritables cuirassés spatiaux capables d'affronter tous les dangers et tous les impondérables de l'infini.

On avait déjà fixé la date de la grande épopée galactique qu'on allait fêter avec un éclat tout particulier quand, dans le courant d'une nuit apparemment comme une autre, toute la planète fut enveloppée par un étrange bruissement jamais perçu, assez strident, qui semblait tomber du ciel et ne cessa qu'à l'aube.

Cet inexplicable bruitage ne semblait pas avoir eu le moindre effet sur les humains, mais on apprit avec une stupeur généralisée l'effet qu'il avait eu sur le monde de l'électronique : non seulement plus aucun calcul craché par un ordinateur n'était exact, mais on n'arrivait absolument plus à rectifier cette avalanche d'erreurs, même en reprenant sans cesse tous les calculs. Et dans les milieux de l'astronautique, la consternation se mêlait à la rage de l'impuissance. Il n'était plus question de tenter le moindre lancement d'une fusée de banlieue. Dans l'état actuel des choses, la fusée aurait manqué la Lune ou, mieux encore, elle serait allée se ficher en plein centre d'une ville.

On n'arriva jamais à expliquer ce qui s'était passé, mais on comprit en revanche qu'on en avait pour des années à tout reprendre de zéro et à remettre les pendules à l'heure exacte.

La vérité était pourtant si simple, mais hors de la portée des hommes.

Le Conseil de prévention galactique qui représentait les principales puissances planétaires de plusieurs galaxies connaissait depuis longtemps les Terriens, leurs mœurs, leur façon de vivre et leur sanglante histoire. Ils savaient que les créatures de cette planète avaient en eux l'instinct de meurtre, un insatiable besoin de violence et l'ivresse de s'entre-tuer. Cela n'avait jamais dérangé personne outre-Terre.

Mais tout risquait de changer. Les Terriens étaient pour la première fois sur le point de quitter leur champ de bataille natal. Ils atteindraient d'autres mondes, n'importe quel autre monde. Ils y sèmeraient l'idée de la violence, le mythe de la raison du plus fort, la notion de guerre inconnue ailleurs. Ils contamineraient l'univers, ils répandraient partout leur peste macabre et leur goût du sang.

Il fallait à tout prix les empêcher de décoller de leur monde. On avait réussi à le faire. Pas en les exterminant, mais par un simple bruissement tout à fait inoffensif pour les humains, très efficace pour altérer tous leurs moyens techniques si minutieusement mis au point.

L'équilibre

Alors, dans la nuit des temps, le premier homme pensant sortit de son antre, toisa le grandiose paysage qui l'entourait et crut sentir monter en lui le besoin larvaire, mais lancinant, d'autre chose.

Alors, ce matin de printemps, le directeur d'une banque sortit de son hôtel particulier, toisa sa journée bien remplie et crut sentir tourner en lui le besoin confus, pernicieux, d'autre chose.

Mais de quoi ? De quoi ?

L'erreur

Passant ses examens, il y avait plus d'une heure que le cancre de l'école cherchait en vain la solution d'un banal problème de physique sur la chute des corps dans l'espace. Soudain, il crut voir clair, il griffonna quelques chiffres qui donnaient en fin de compte une grossière erreur.

Au même moment, à dix kilomètres de là, à la base de lancement d'un centre de recherches spatiales, on déclenchait le signal de départ d'une fusée vers Mars. Et la fusée, dans un impressionnant nuage d'apocalypse, s'enfonça triomphalement jusqu'au centre de la Terre.

Les esclaves

Au commencement, Dieu créa le chat à son image. Et, bien entendu, il trouva que c'était bien. Ce qui prouve qu'il avait très bonne opinion de lui-même car ce n'était pas si bien que cela.

En effet, le chat ne voulait rien faire, n'avait rien envie de faire. Il était paresseux, renfermé, taciturne, économe de ses gestes et, de plus, extrêmement buté.

C'est alors que Dieu eut l'idée de créer l'homme. Uniquement dans le but de servir le chat, de lui servir d'esclave jusqu'à la fin des temps. Au chat, il avait donné l'indolence et la lucidité ; à l'homme, il inocula la névrose de l'agitation, le don du bricolage et la passion du travail intensif. L'homme s'en donna à cœur joie. Au cours des siècles, il édifia toute une civilisation fondée sur l'invention et la production, la concurrence et la consommation. Civilisation fort tapageuse qui n'avait en réalité qu'un seul but secret : offrir au chat le confort, le vivre et le couvert.

C'est dire que l'homme inventa des millions d'objets inutiles, généralement absurdes, tout cela pour produire parallèlement les quelques éléments indispensables au bien-être du chat : le radiateur, le coussin, le bol, le plat de sciure, le filet du pêcheur breton, le couteau à hacher la viande, la moquette ou le tapis, le panier d'osier et peut-être aussi la radio puisque les chats aiment bien la musique.

Mais, de tout cela, les hommes ne savent rien. À leurs souhaits. Bénis soient-ils. Et ils croient l'être. Tout est pour le mieux dans le meilleur des mondes du chat.

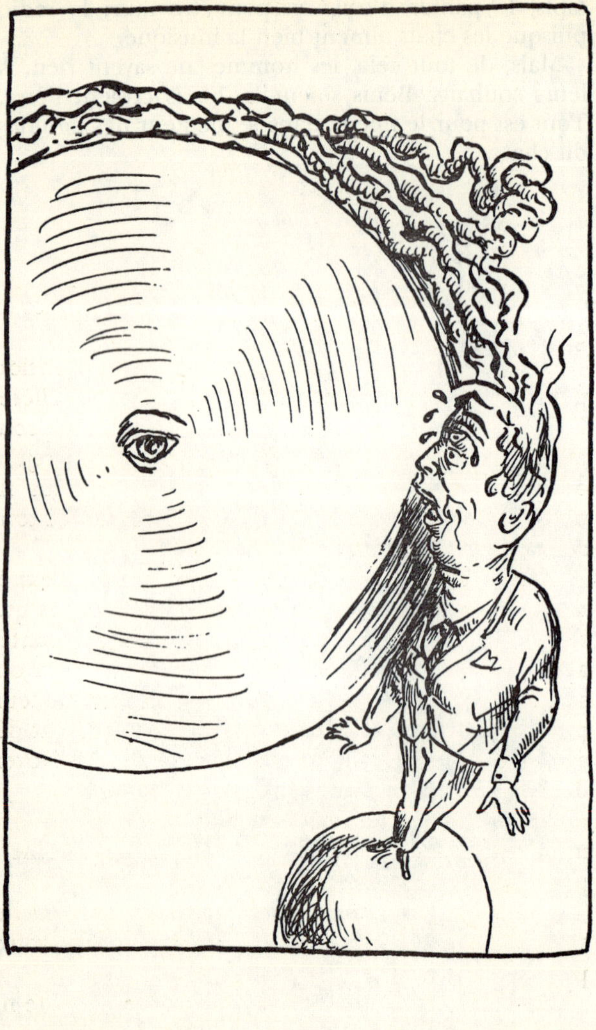

L'excursion

Le directeur du Centre de recherches lui annonça qu'il était l'heure d'y aller.

Il approuva. Il n'éprouvait aucune appréhension particulière. Plutôt une indifférence assez familière. Il était pourtant le premier homme qui allait se soumettre à cette expérience assez attendue : être rejeté dans son passé pendant deux heures, ni plus ni moins, et revenir ensuite au point de départ. Si tout se passait comme prévu.

Depuis deux ans déjà, le Centre tentait l'expérience de l'aller-retour avec des souris blanches qui revenaient régulièrement indemnes, en bonne santé, après des mois de cafouillages. Mais comment savoir si elles avaient vraiment vécu deux heures de leur passé ? En toute logique les chercheurs auraient dû apprendre à parler à leurs souris avant de les envoyer dans le temps.

On fit entrer l'homme dans une petite cellule aux murs nus, lisses et blancs, sans le moindre mobilier, pas même une chaise.

— Le temps de refermer la porte, lui dit-on, et elle s'ouvrira à votre insu pour vous rejeter dans votre passé.

Mais personne ne pouvait lui dire à quelle date ni

évidemment en quel lieu. C'était un des points faibles de cette grande première.

— En somme, déclara le directeur pour cacher son émotion, c'est comme si vous partiez en excursion. Avec la différence qu'on ne peut pas dire à quel endroit vous irez.

On referma la porte sur l'homme.

Qui se retrouva sans transition dans une autre pièce, très vaste celle-là, également privée de mobilier, avec des murs gris et nus. Mais il n'était pas seul, il se voyait au contraire entouré de plusieurs dizaines d'individus anonymes, hagards, épuisés, qui se déshabillaient comme venaient de l'ordonner les soldats allemands chargés de les surveiller. Lui-même s'exécutait, aussi docile que les autres, hébété.

Il eut immédiatement, en une fulgurante déflagration mentale, la certitude de se retrouver dans un moment de la guerre et qu'à ce carrefour les choses déraillaient. En 1943, au cœur de l'hiver, il avait bien été déporté comme juif au camp de Belsen, mais il n'avait jamais été dirigé à son arrivée au vestiaire-antichambre de la salle des douches.

Au tri préliminaire, il avait été désigné comme « bon pour le travail », ce qui lui avait permis de perdre 30 kilos, de survivre quand même, à travers tout.

Mais, cette fois, comment pourrait-on le récupérer, après deux heures, au Centre de recherches ? Il savait bien, maintenant, que personne n'était jamais revenu vivant des douches-chambres à gaz.

L'explication

L'homme avait toujours été non seulement très imbu de sa personne, mais encore plus de son intelligence. Pourtant, depuis le XXIe siècle, sa prétention s'était érodée au contact des extraterrestres qui allaient et venaient dans l'espace pour se poser parfois sur la Terre sans trop s'y attarder. Déjà cela complexait les Terriens qui n'avaient jamais réussi à dépasser les limites de leur système solaire. Et sur le plan de l'intuition, de la connaissance et de la lucidité, certaines races nées au fond des ténèbres de l'inconnu rendaient également bien des points aux Terriens.

Mais il fallut quand même attendre l'arrivée des Yfraniens pour recevoir en direct la réponse à une question essentielle que nous nous posions dans le vide depuis bien des millénaires : « Qui étions-nous ? »

Les Yfraniens avaient percé ce mystère depuis bien des siècles. Et ils nous l'expliquèrent en bien peu de mots, alors que nous avions en vain consacré des millions de pages à disséquer le sujet.

Nous étions des vampires, nous avions toujours été des vampires. Pas assoiffés de sang nocturne comme dans les puériles légendes, mais affamés à notre insu de la mort d'un humain. Nous ne la provoquions pas nécessairement, mais nous en avions besoin sans rien savoir de ce besoin. Sans soupçonner que notre survie tenait à la mort d'un anonyme que nous ne connaissions pas, qui pouvait être notre voisin ou un inconnu aux antipodes. C'était là notre nourriture abstraite, aussi vitale que l'eau, l'air et le pain, indispensable, le but secret de chaque journée : des morts pour faire survivre les vivants.

Ceci expliquait que notre histoire, depuis la Préhistoire, n'était qu'une longue suite de tueries, de crimes par indifférence, de guerres, de massacres, de folie criminelle. Ceci expliquait aussi notre légendaire agressivité impossible à calmer qui allait jusqu'aux génocides froidement exécutés. L'homme vivait de la mort et il était seul de cette espèce dans l'univers. Car il y avait d'autres êtres humains perdus dans les galaxies, mais aucun d'entre eux ne connaissait la violence ou la notion de meurtre. L'homme était l'exception triomphale sur ce plan. Peut-être parce que la nature lui accordait si peu d'années à vivre. Les autres races humaines, en effet, avaient une espérance de vie qui atteignait toujours au moins plusieurs siècles.

Le fantôme

Même aux États-Unis, on avait oublié qu'il s'était révélé, dans le courant des années 50, comme le plus grand acteur de sa génération. Et qu'en réalité, plus tard, sans cesse imité, personne n'avait réussi à l'égaler.

Il avait disparu des écrans depuis son dernier film qui datait de 1965 et on n'avait jamais plus entendu parler de lui, on ne savait même plus où il vivait ni même s'il était toujours en vie.

C'est en 1990 que le monde entier enregistra, avec une stupeur bien compréhensible, un fait vraiment inexplicable, impossible à analyser, pourtant vérifié par des millions de témoins, de spectateurs. Le célèbre acteur qui s'était fait oublier ne figurait pas au générique d'un film qu'il traversait pourtant de part en part à plusieurs reprises, silencieusement, pesant de toute sa légendaire présence, comme un simple figurant tellement obsédant qu'on ne pouvait remarquer que lui. L'acteur semblait avoir trente ans, comme à son apogée. Il avait toujours sa démarche de fauve assoupi dans ses ressources de sauvagerie, de fulgurantes détentes ; il avait également son inoubliable regard calmement inquisiteur et lourd d'humour noir, ses gestes indolents, réduits à l'essentiel, et cette faculté de s'exprimer avec un maximum d'évidence par sa volonté de silence.

C'était un film à recettes garanties, à gros succès, un prototype banal, mais exemplaire, d'apologie de l'ultra-violence où chaque seconde entraînait plusieurs meurtres gratuits et chaque mort une chaîne de sanglantes vendettas. Détaché de cette intrigue à la fois confuse et simplette, l'acteur passait à travers les tueries au ralenti, sans participer, sans rien regarder, méprisant, indifférent aux rafales mortelles qui lui traversaient sans cesse le corps, insensible aux crises de démence meurtrière qui agitaient tous les autres personnages. Tout au plus si, de temps en temps, d'un morne revers de la main, il envoyait valser dans le décor quelques tueurs, à peine effleurés, pourtant assommés pour le compte.

Invariablement en état de somnambulisme au gré des actions les plus hystériques, il passait sans haine et sans réaction, simple témoin dégoûté dont le seul but était d'arpenter cette descente jusqu'au fond de la débilité, vivant reproche nostalgique de temps à jamais révolus et accusateur muet d'un avenir à refuser.

La faute

Au commencement, il y eut cette assourdissante déflagration dans les ténèbres de l'espace qu'on appela le big bang.

Dieu, dans un éclair prémonitoire d'aveuglante lucidité, avait compris qu'en déclenchant la vie, cette aventure cosmique aboutirait inéluctablement un jour à la naissance d'un humain, et, terrifié par l'absurde de son acte, il s'était fait exploser.

La fermeture

On a dû fermer le Centre des chèques postaux de cette capitale. On ne sait pas quand on pourra de nouveau l'ouvrir au public.

Des équipes de spécialistes de l'électronique auscultent les coulisses secrètes du Centre ; des brigades d'inspecteurs soumettent tous les employés à des interrogatoires tatillons. On se demande ce qu'on va découvrir et surtout s'il est possible de découvrir quoi que ce soit.

On ne sait pas exactement comment aborder le problème. Mais on connaît les faits, irréfutables ; et on tient les preuves à l'appui, irréfutables elles aussi.

Il est bien connu qu'au Centre des chèques postaux, l'appel se fait par numéros. Cela commence le matin à 9 heures par le 0001, puis le 0002, ainsi jusqu'au soir, à travers un système de microphones. Et par la force logique des choses, au milieu de l'après-midi, les numéros d'appel oscillent toujours entre 1900 et 2000, ce qui normalement suggère une date de ce siècle. Or, il a été prouvé que, tous les jours, depuis des années sans doute, les clients appelés répondaient à un numéro qui, inexorablement, correspondait à l'année au cours de laquelle ils devaient mourir.

Voilà pourquoi on a dû fermer le Centre des chèques postaux. À jamais, peut-être.

La fièvre

Hanté par l'efficience, toujours pressé par le temps, ivre de gagner des minutes et des millions, n'ayant jamais une seconde à accorder dans le vide, constamment à la poursuite d'un projet ou d'un profit, ce P.-D.G. n'avait jamais perdu une seule occasion d'avoir un jour l'infarctus qui le terrassa.

On l'opéra à cœur ouvert, on le mit ensuite en réanimation. Nourri par tuyau au goutte-à-goutte, sous perfusion, à moitié inconscient, pris de fièvre à la pensée d'être coupé du monde des affaires, il exigea quand même que l'on raccorde son cerveau aux fils du téléphone.

Le film

Aucun film n'avait jamais englouti autant d'argent pour son financement ni autant de temps pour son tournage : plus de trois ans, au début des années 90.

Rédigé par cinq scénaristes professionnels, ce « war-fiction » à grand spectacle donnait une vision nouvelle d'une épopée classique de l'Histoire. Il mettait en scène, avec une hallucinante vérité, le débarquement de Normandie qui se soldait par la sanglante débâcle des Alliés, rejetés à la mer après dix jours de combats désespérés. Mais, deux mois plus tard, les U.S.A. lançaient leur première bombe atomique sur Berlin et, le lendemain, l'Allemagne nazie capitulait.

Le film eut un succès colossal qui secoua le monde entier pendant plusieurs années. Il inspira des avalanches de feuilletons télé et des milliers de bandes dessinées.

Un siècle plus tard, cette fiction obsédante avait si bien contaminé le monde qu'elle avait complètement effacé la réalité du 6 juin 1944. Elle était devenue l'histoire officielle, celle qu'on n'aurait pas eu l'idée de mettre en doute.

On en était arrivé là : dans un monde où l'on ne comprenait plus que les images, l'écrit, si difficile à déchiffrer, ne représentait plus que le morne véhicule de la fiction, de l'utopie fallacieuse et du mensonge.

Les finances

La crise, elle était amorcée depuis les années 70, mais le passage du cap 2000 si longtemps rêvé semblait bien annoncer d'alarmants naufrages.

Le signe le plus inquiétant de cette débâcle des pays surdéveloppés pouvait bien être l'écroulement de l'industrie automobile, la manne routière qui avait enrichi tellement d'États.

Mais la bagnole, cette gnôle de l'homme moyen, ne trouvait plus d'acheteurs. L'argent était devenu trop difficile à gagner pour le mettre dans du superflu et ceux qui possédaient une vieille voiture n'avaient plus de quoi mettre du carburant dans leur moteur.

Panne sèche qui ruinait l'État, sans parler du manque à gagner, pour le ministère des Finances, de la vignette auto et des assurances obligatoires.

C'est en 2001 qu'on trouva comment combler ce trou-là : on imposa la vignette piéton pour tous ceux qui n'avaient pas de voiture et on les força à prendre une assurance transports en commun.

La foi

Inlassable touriste des pays les plus déshérités, ce pape s'était forgé une réputation de star que les chanteurs débiles les plus adulés pouvaient lui envier.

Avec sa montre Rolex toujours en gros plan télévisé quand il se prosternait sur les terres de misère, ses Cadillac blanches, sa cage de verre blindé, son sourire de saint clown, sa carrure de catcheur de la promotion divine, il lui suffisait d'asperger les foules miséreuses de quelques poncifs de la consolation pour éteindre presque toutes les flambées de révolte, pour nourrir de duperie et d'espoir truqué tous les affamés de ce monde.

Depuis des années déjà, il avait à son actif de véritables shows qui coûtaient des fortunes aux pays qu'il honorait de sa présence, des spectacles son et lumière qui attiraient des centaines de milliers d'extasiés tout en explosant simultanément sur tous les petits écrans du monde. Cette formidable opération de publicité divine avait fait éclater tous les thermomètres du catholicisme. Et ceux du puritanisme par la même occasion. Jamais la foi réactionnaire n'avait eu autant d'adeptes, jamais elle n'avait bénéficié d'un tel battage promotionnel.

Jusqu'au jour où cet orage d'une rare violence éclata alors que le pape venait de se hisser sur un podium de plein air, sucé par les clameurs de neuf cent mille fanatiques. Dans un crépitement assourdissant, sans une goutte de pluie, la foudre tomba sur la scène, s'accrochant au micro que le pape tenait à pleines mains. Il fut électrocuté à la vitesse de l'éclair, laissant la foule et le monde entier sans voix.

Ce fait divers tourna sans transition à l'événement qui allait bouleverser la vie spirituelle et religieuse du monde.

Des millions de catholiques se détachèrent de la foi et sombrèrent dans l'égarement. L'Église perdit tout son prestige, la prière tout son crédit et la messe tout son ridicule pouvoir. Jamais un simple fait divers ne joua à ce point un rôle de révélateur brutal de la connerie humaine. En effet, les croyants ne voulurent plus rien savoir d'un Dieu qui avait pu frapper de plein fouet leur idole, un Dieu assez malveillant pour envoyer sa foudre sur la tête sacrée de son saint délégué. Étrange indignation ! Alors que, depuis deux mille ans, ils avaient vénéré ce même Dieu qui dispensait avec une superbe générosité les massacres et les famines, les maladies atroces et les cataclysmes naturels, les pièges mortels et les pires injustices.

Ce revirement imprévu ne pouvait qu'annoncer de curieuses remises en question. Et pour s'en tenir aux réactions immédiates, le pape qu'on nomma en remplacement fut assassiné le lendemain de son élection.

Le gâchis

La réunion au sommet des deux chefs d'État fit grosse impression dans le monde : elle mettait fin à la guerre froide, mais caractérielle, qui durait depuis plus de quarante ans entre l'U.R.S.S. et les États-Unis.

Ils tombèrent d'accord sur le principe d'une politique de désarmement qui, sans nul doute, devenait urgente puisque la névrose de l'arme nucléaire finissait par mener leurs pays à la ruine. Ils prirent la décision de détruire les milliers de missiles implantés, face à face, sur le sol européen. Ce programme de destruction systématique devait être exécuté avant trois ans.

Mais les militaires ne pouvaient pas avoir la même vision des choses et ils n'arrivaient pas à accepter un tel gâchis, surtout avec cette échéance fixée à trois ans seulement. Voilà pourquoi, se prenant mutuellement en traître au même instant de la même nuit, ils déclenchèrent en masse tous les missiles au cœur de l'année qui était en cours.

La genèse

En réalité, Ève découvrit par hasard une pomme, la tendit à Adam qui la croqua et la trouva succulente. Comme le premier homme supportait déjà mal de rester inactif, il planta un autre pommier. Puis beaucoup d'autres, ce qui lui valut d'amples récoltes de pommes et les tendres encouragements de sa compagne. La notion de travail était née, en même temps que celle de persévérance, d'ambition et de volonté d'en imposer à la femme. Plus tard, Adam arriva à extraire le cidre, soit un breuvage euphorisant, capable de lui faire oublier les tracas du quotidien.

Ses enfants, ses petits-enfants continuèrent à cultiver de la pomme, mais une partie d'entre eux découvrirent les charmes de la vigne et du raisin. Découverte qui engendra la concurrence, puis logiquement la notion de troc, donc le commerce, le profit, le besoin de posséder. Et comme le vin extrait du raisin enivrait plus agréablement que le cidre, il s'imposa comme la boisson favorite de l'homme devenu très vite l'esclave du labeur.

Ainsi devait germer ce que l'on appela, plus tard, un peu à la légère, une civilisation.

Le gouffre

Il avait vingt ans d'expérience de la navigation en solitaire d'un océan à un autre et avec ce voilier de 12 mètres des années 90, il n'avait jamais connu aucun avatar tragique.

Mais cette fois, en plein Atlantique nord, au mois de novembre, l'horreur était au rendez-vous.

Depuis deux jours et deux nuits déjà, le vent établi à force 10 dégorgeait des rafales qui atteignaient 12 et refoulaient le navigateur au plus profond de la panique.

Ses voiles, toutes commandées par un réseau électronique sans défaut, étaient hors d'usage, déchiquetées. Son mât s'était brisé sous les coups de boutoir d'énormes déferlantes, elles avaient submergé et saccagé tous les ordinateurs qui contrôlaient la moindre drisse et sa radio comme son poste émetteur n'étaient plus qu'un amas de ferraille. Son orgueilleux croiseur hauturier à la pointe de la technique moderne n'était plus qu'une simple barque à la merci de n'importe quelle vague qui pouvait la prendre par le travers et l'engloutir dans un irrémédiable naufrage. Et même son dérisoire canot de survie avait été emporté par les lames.

Accroché à une barre qu'il n'arrivait plus à contrôler, assourdi par le fracas du vent et de la tempête, brisé par les chocs continuellement encaissés, transi par le froid et l'eau glacée qui déferlait de partout, l'homme se rendait compte qu'il avait quitté son siècle en prenant le large. Il se retrouvait coupé de tout ce qui avait été son monde, rejeté comme un simple morceau de bois pourri dans un cauchemar qui semblait surgir du plus profond de la nuit des temps. Quelque chose de primitif, de chaotique, d'incontrôlable alors qu'en somme en dépit des risques traversés il n'avait jamais navigué que dans le confort, sécurisé par tous les gadgets de haute technicité. Et soudain, face à la gueule bavante, impitoyablement béante d'un océan, le temps comme l'espace semblaient avoir basculé dans un seul gouffre empli de fracas et il se sentait aussi vulnérable qu'un homme préhistorique jeté au seuil d'un imparable danger mortel.

Acculé au fond de sa terreur, recroquevillé sur lui-même, écroulé dans son habitacle inondé, le navigateur sentit qu'il perdait peu à peu la raison, si bien qu'à court de solutions ou d'arguments pouvant le rassurer, il en arriva à prier.

Il en était à psalmodier une litanie hagarde qu'il s'entendait à peine prononcer quand, au-dessus du sifflement furieux du vent et du fracas explosif des vagues, l'énorme grondement d'une voix se fit entendre. Trouant l'ouragan océanique et tombant de très haut sur la tête du futur naufragé.

— Quel vent, hein ! énonça-t-elle.

Puis, elle se tut à tout jamais.

L'habitude

C'est en janvier 2003 que l'on ferma la dernière salle de cinéma de la capitale.

Depuis bien des décennies, on saturait à plaisir les téléspectateurs de films réduits aux dimensions du petit écran, maintenant on payait l'addition. Non seulement les cinéphiles exigeants s'étaient habitués à voir les films en format télé, mais ils ne supportaient plus d'aller au cinéma. L'image démesurément agrandie leur donnait, comme à tout le monde, des troubles visuels, des migraines incurables et souvent même des vertiges assez inquiétants.

La hantise

La femme qu'il aimait si passionnément était morte à trente-cinq ans. Emportée en quelques mois par un cancer.

Il ne s'en était jamais remis, il ne pensait plus à rien d'autre qu'au cancer, cette peste des temps modernes qui faisait de plus en plus de ravages malgré les informations hypocrites et rassurantes de la presse ou du corps médical.

Lui, il n'était pas médecin, il n'avait d'ailleurs aucune connaissance particulière, aucun goût pour la culture et il n'avait jamais réussi à passer son bac.

Mais le problème du cancer était devenu son unique hantise et il lui consacrait des heures de divagations nuit et jour. Il se disait que si cette maladie semblait avoir gagné tellement de terrain au cours du XXe siècle, c'est qu'elle devait être étroitement liée aux progrès si spectaculaires, à la civilisation même de ce siècle en particulier. Mais il trouvait trop simple d'accuser, comme tout le monde, la pollution qui ne menait qu'à différentes impasses, et en arriva à se concentrer sur un autre mythe auquel le XXe siècle avait donné un essor foudroyant : l'hygiène sacrée, la pub santé à pleines pulsions, la propreté du corps avant celle de l'esprit.

Le lendemain, il envoyait un mémorandum très

bref à l'Académie de médecine pour affirmer sa conviction : c'était le savon qui devait être responsable du cancer.

On classa sa lettre dans l'important dossier des lettres de fous.

Il fallut attendre quinze ans pour voir un cancérologue très renommé lancer exactement la même accusation. Et, dans le monde entier, des équipes de chercheurs se mirent au travail. Un an plus tard, on interdisait officiellement la vente et l'utilisation des détergents, des crèmes de beauté, des déodorants et des savons.

L'heure

Il avait consacré toute sa vie à mettre au point une machine à remonter le temps. Elle ne pourrait servir qu'une seule fois et ne lui offrait qu'une heure à vivre, pas une minute de plus, dans un passé dont il ne pouvait pas choisir la date.

Il s'enferma dans la machine qui devait se désintégrer après cette unique expérience. Il perdit connaissance en douceur, comme sous anesthésie, pour se retrouver tout à fait lucide aux environs de 1680, dans les dorures et les afféteries du Grand Siècle, celui qu'il détestait par-dessus tout.

Il eut un sursaut de révolte, d'ailleurs inutile. Sursaut qui se dilua dans un sentiment de dégoût quand il comprit qu'il était dans une salle de théâtre. En effet, il détestait également le théâtre, en particulier le classique.

Le rideau se leva. Celui de la Comédie-Française. On y donnait *Phèdre* de Racine.

Il crut défaillir et ferma les yeux. Depuis 1995, rien n'avait changé.

Pour Louis Scutenaire qui affirmait :
« L'existence de Dieu ne regarde que lui. »

L'holocauste

Dieu se redressa dans l'infini, puis se tourna, furieux, vers la Terre.

— Nom de Moi ! hurla-t-il. Vous me cassez la tête avec vos prières, vos cantiques et vos écrits me concernant. Il y a deux mille ans à peine, je vous avais déjà demandé de me foutre la paix. Ça suffit comme ça !

Et, d'un geste rageur, il envoya cette planète aux confins du néant, la réduisant en miettes.

Dieu, en effet, n'avait jamais pu supporter les enfants braillards.

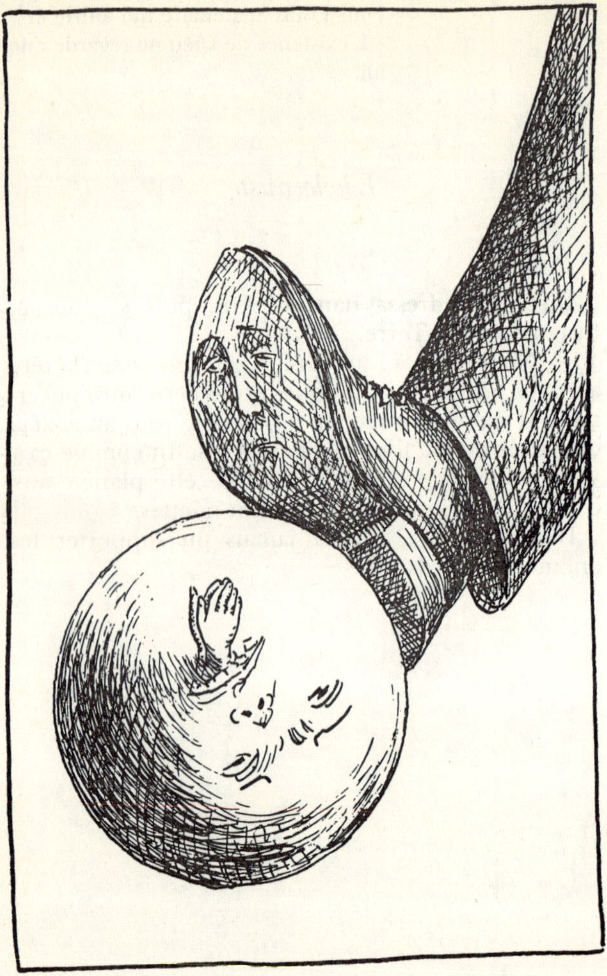

Les horaires

Dans le centre de la ville, sur un trottoir, une grande horloge indiquait qu'il était 9 heures et des hordes d'employés se pressaient vers les bureaux alors que sur le trottoir d'en face, une autre horloge marquait 5 heures et que d'autres bureaux recrachaient leurs employés arrivés au terme de leur journée.

Et comme il fallait s'y attendre, il était impossible de traverser pour passer d'un trottoir à l'autre.

L'immersion

Toujours plus audacieux, toujours plus profond, plus vite, plus loin ou plus haut, c'était depuis longtemps la devise sacrée du siècle, surtout celle du monde de l'exploit.

C'est ainsi qu'en 1998 un bathyscaphe immergé dans une fosse abyssale de l'océan Pacifique revint à la surface dans un champ de betteraves des Flandres.

L'imprévu

Hypocondriaque, il l'avait toujours été. Et surtout, comme il ne croyait en rien, il ne voyait pas ce qui aurait pu gommer son horreur de la mort, sa nausée du néant.

Mais il survécut jusqu'à cinquante ans en bonne santé et se retrouva même parmi les nantis de ce monde, à la tête d'une grosse fortune. Dès lors, sa panique s'en trouva avivée. Il était assez lucide pour savoir que le compte en banque n'avait jamais enrayé un cancer, un infarctus fatal ou même une mauvaise grippe. De plus, mourir sans jamais avoir été camé ou éthylique suicidaire, resté lucide sans aucun adjuvant, donc bien dans sa peau de millionnaire, à peine marqué par l'âge, lui paraissait plus effrayant que crever en clochard délabré par les privations, hébété par le mauvais vin et les intempéries de la vie.

C'est alors qu'il consacra toute sa fortune à préserver son corps des pièges de la maladie, de la mort sournoise ou brutale.

Au rez-de-chaussée de sa vaste demeure, il fit installer une mini-clinique qui lui était strictement réservée. Médecins spécialistes, infirmières et anesthésistes veillaient au grain, exclusivement attachés à sa personne. Accidents graves, attaque cardiaque, embolie cérébrale, et autres causes de mort foudroyante, tout était prévu. Il y avait des réserves de sang et des membres de rechange dans des coffres-forts de congélation. Et des organes essentiels : un cœur de remplacement maintenu vingt-quatre heures sur vingt-quatre en état de marche, des poumons de rechange, un foie, un rein, une vessie, un estomac plus solide que celui d'une autruche, un œsophage, un réseau d'artères et de veines.

On avait vraiment pensé à tout et lui-même ne négligeait rien pour préserver sa santé. Il y avait longtemps qu'il avait cessé de boire et de fumer, il évitait l'air vicié du centre de la ville comme les eaux polluées du littoral. Et, bien entendu, il se tenait à l'écart des lieux publics et avait banni de sa vie tout rapport sexuel.

Il attrapa, on ne sait où ni comment, un virus qu'aucun chercheur n'arriva à identifier. Et mourut, en quelques semaines, rongé jusqu'aux moelles par une maladie nouvelle à laquelle on crut bien faire de donner son nom.

En attendant d'autres cas. Qui, d'ailleurs, ne se présentèrent pas.

L'inattention

Bien des chiffres avaient coulé sous les ponts, mais le monde n'était plus, depuis la fin du XXe siècle, qu'une seule pyramide de chiffres. La mise sur fiches par ordinateur, l'informatique, la légalisation du moindre détail quotidien régnaient si bien à tous les niveaux que chaque individu avait besoin d'un visa officiel pour passer d'une année à une autre.

Les individus n'avaient plus d'identité précise, plus de noms de famille. Ils n'étaient plus identifiables que par les matricules de leurs différentes cartes obligatoires : carte bancaire, affiliation aux Allocations, à la Sécurité sociale, certificat d'engagement au travail, carte de domicile, et ainsi de suite car tout était numéroté, fiché, trié et régi par la toute-puissante électronique.

Parfois, cela pouvait donner des résultats assez déroutants. Ainsi cet homme matriculé aux Allocations mortuaires sous le numéro 101/0003/3406/0036540780077 qui mourut chez lui de maladie, de façon très banale, parfaitement en règle avec l'administration et la société. Mais, le jour de son enterrement, on oublia un zéro et on enterra à sa place quelqu'un d'autre. Qui n'était pas encore décédé.

L'incapacité

Alors, avec le temps, à une certaine époque, on ne se paya plus de mots, on avoua la débilité profonde qui s'était implacablement emparée du monde, en larguant tout complexe à l'égard de l'incapacité. Et, corollaire fatal, on trouva à tous les niveaux du travail, des offres d'emploi d'un nouveau type : le recrutement d'inaptes à tout faire pour le compte d'inaptes à faire quoi que ce soit.

Les indolents

Elle avait son charme, indiscutablement, la planète des Agrages. Un charme doux, triste, monocorde. Qui évoquait celui de la Finlande si ce pays avait bénéficié d'un climat exceptionnellement tempéré, jamais trop rude ni trop étouffant. Toute la planète des Agrages était en effet criblée de grands lacs qui communiquaient tous entre eux dans un paysage presque sans couleurs, à peine vallonné parsemé d'arbres gringalets, aux feuilles pastellisées qui avaient la couleur gris bleuté de l'eau des lacs.

Les Agrages semblaient parfaitement en harmonie avec ce décor. Filiformes et pâles, presque transparents, ils se ressemblaient tous entre eux, si bien qu'on distinguait difficilement les mâles des femmes. Tous se mouvaient et vivaient sur un rythme très ralenti sans heurts, sans sursauts nerveux et une douceur inhumaine découlait de tous leurs gestes, de leur regard gris délavé et surtout de leur voix qui vocalisait de tendres psalmodies à peine audibles pour nous.

Au bord de leur labyrinthe de lacs, ils avaient édifié, non des villes, mais des constructions en bois, jamais soudées les unes aux autres, égrenées au fil du rivage en un chapelet sans fin. Ils ne semblaient guère se déplacer sur la terre puisque l'eau devait être leur véritable élément. Ils nageaient avec une telle aisance et si longtemps sous l'eau qu'on pouvait les classer dans la catégorie des amphibies. Ils naviguaient aussi. À bord de pirogues et de catamarans primitifs, mais rapides, qui rappelaient ceux des Polynésiens.

À part cela, les Agrages ignoraient toute notion de commerce, d'industrie, de profit, de troc et de travail organisé. Même leur artisanat devait être réduit au minimum. Non seulement ils ne semblaient pas avoir bricolé d'armes, mais ils n'avaient pas non plus imaginé l'assiette ou la cuiller. S'aimer entre eux, se griser d'eau et de brise, rêvasser, se laisser dériver au fil du temps ou se divertir paraissaient leurs uniques préoccupations même si le sens de leurs loisirs nous échappait parfois.

En un siècle de pérégrinations galactiques, jamais les hommes n'avaient rencontré une race presque humaine aussi détachée des contingences quotidiennes, aussi dénuée d'ambition, de mesquinerie, d'avidité, de névrose du labeur et de toute fébrilité. Des êtres pacifiques et alanguis, sensuels et paresseux, qui ne pensaient qu'à faire leur temps à l'économie, en douceur, andante glissando. Au fil des secondes, de leurs lubies, de leur totale absence de nervosisme.

C'est en constatant après quelques jours que les Agrages ne vivaient ni de pêche ni de chasse que les hommes comprirent la vérité, celle-là même qui était unique dans l'univers, et expliquait tout leur fascinant comportement. Il n'y avait pas de poissons dans leurs lacs, pas d'animaux sur leur monde. Mais cela ne leur manquait pas. Ils survivaient sans devoir chasser ou pêcher, élever des poulets, cultiver de la carotte ou travailler en usine pour avoir de quoi acheter de la carotte.

Triomphale exception à la loi sacrée de devoir se crever pour se nourrir, les Agrages survivaient sans manger : boire de l'eau leur suffisait. Et de l'eau, il n'y avait que cela à perte de vue sur leur monde.

L'insecticide

Le petit astronef de croisière venait de s'acquitter de sa mission, d'ailleurs sans intérêt, sur une lointaine planète et il venait de décoller. Il regagnait sa base terrienne qu'il devait atteindre avant une quinzaine de jours quand on signala dans l'évier du coin-cuisine de gros insectes qui n'étaient pas d'origine terrestre, même s'ils rappelaient d'assez près le scarabée. On sortit de la réserve les bombes insecticides si efficaces dans ces cas-là.

Quand l'engin spatial toucha le sol de la Terre, on ne trouva à l'intérieur que quatre squelettes curetés jusqu'à la moelle des os par les milliards d'insectes qui grouillaient dans les moindres recoins de l'astronef.

L'insecticide utilisé par les humains avait fait ses preuves : non seulement il ne pouvait pas incommoder ces carnivores-là, mais il les nourrissait, leur donnait une redoutable vitalité et les faisait proliférer à une cadence foudroyante.

L'invention

Il avait inventé une petite antenne portable qui supprimait radicalement les pensées parasites du cerveau humain.

Il l'essaya avec succès sur sa propre personne. À peine avait-il donné le contact qu'il ne pensait plus qu'à la mort, à l'inutilité de toute entreprise, à la vanité d'avoir mis au point cet engin révolutionnaire. Le temps de penser à couper le contact, il s'était suicidé.

Les jumeaux

Les Adrèles, en particulier, impressionnèrent vivement les Terriens qui avaient passé quelques jours sur leur monde. En curieux, en touristes.

Humains, tout à fait humains, toujours très laids et assez mal bâtis, ils naissaient tous jumeaux, du moins physiquement jumeaux. Mentalement, au contraire, ils étaient tout à fait dissemblables. En effet, l'un était pensée, l'autre action. Et ceux qui pensaient ne pouvaient pas agir, de même que ceux qui agissaient n'avaient pas le moindre germe de pensée en eux.

Malheureusement, les penseurs consacraient la moitié de leur temps à créer et l'autre moitié à manipuler leurs jumeaux dans la violence et la destruction. Et ceux-ci les écoutaient illuminés, fanatisés, puis leur obéissaient à travers tout, incapables de la moindre objection.

Cela donnait une suite sans fin de conflits, de constructions toujours suivies de démolitions, de tueries sacrées et religieuses puisque les penseurs donnaient volontiers dans le mysticisme. Autant de meurtres absurdes qui équivalaient à de véritables suicides car la mort du jumeau agissant entraînait inéluctablement la mort de son jumeau pensant. Risque permanent, connu de tous, accepté par tous, car il semblait les fasciner.

En somme, quand on les regardait avec un certain recul, les Adrèles pouvaient passer pour les êtres dont les mœurs étaient le plus insidieusement semblables à celles des Terriens.

La jungle

Il allait sur ses soixante ans et on était en 2020.

Mais cela, l'homme ne pouvait pas le savoir. Il ne connaissait pas son âge et encore moins le chiffre de l'année en cours.

Il était l'un des rares survivants de la guerre nucléaire de 2004 et l'horreur apocalyptique de ce conflit de dix minutes avait anéanti de façon foudroyante sa mémoire comme toutes ses facultés d'être humain.

Il s'était retrouvé hébété, mais indemne, dans cette jungle africaine où il avait réussi à se réfugier, avec un groupe de quatre autres miraculés. Tous étaient à jamais réduits à l'état de loups hagards, uniquement hantés par leur instinct de se protéger et de chercher de quoi manger pour survivre.

Ce matin-là, pourtant, le sexagénaire eut une réaction bizarre qu'il ne pouvait d'ailleurs pas comprendre. Il demeura prostré devant un étang qu'il n'avait jamais vu et poussa des cris plaintifs qui ne lui étaient jamais sortis du gosier. Comme si, de façon informe, il voulait exprimer quelque chose. L'étang semblait sucé par des centaines de lianes, étouffé par une profusion de luxuriante verdure où deux pythons mimaient des branches en train de bouger au ralenti.

Ce qui venait d'exploser dans le cerveau moribond de l'homme, c'était l'ombre de l'ombre d'un vieux souvenir. Inutile, puisque insaisissable, impalpable, à peine surgi, déjà évanoui : quand il était jeune, bien avant la guerre, il avait joué le rôle d'un Tarzan de banlieue qui, au cœur d'une jungle de studio, affrontait un python pour lui arracher une machine à laver qu'il rapportait triomphalement dans la hutte où l'attendait sa compagne primate. Un de ces innombrables films publicitaires qui faisaient fureur dans le courant des années 80. Une époque si douce, pleine de raffinement et de subtile imagination.

Les langoustes

On avait souvent dit que tout ce que l'on imaginait finissait par arriver.

Les absurdes langoustes ailées venues d'ailleurs, si souvent décrites dans de piètres récits de science-fiction, finirent en effet par envahir la Terre. Et comme elles évoluaient dans les airs aussi aisément qu'elles évoluaient dans les mers, l'homme put enfin se livrer sur une seule créature à ses deux sports de prédilection : la chasse et la pêche. Tout en satisfaisant ses goûts de goinfre-gastronome sans débourser un centime.

La légalité

Les débats durèrent longtemps, la lutte entre opposants et défenseurs fut acharnée, mais finalement on légalisa l'euthanasie.

On vit alors, en nombre sans cesse croissant, des héritiers abréger par une piqûre expéditive les douleurs intestinales ou névralgiques de leurs riches parents. On vit surtout une foule de couples fatigués ou intéressés trouver dans l'euthanasie une solution idéale. C'est dire qu'il fallait vraiment être sûr de sa famille ou de son partenaire pour oser vivre constamment avec eux. Et ne jamais avouer qu'on avait une migraine tenace ou une mauvaise grippe.

Puis, très rapidement, les choses s'aggravèrent. On euthanasiait de plus en plus souvent des patrons naufrageurs ou sans scrupules, des employés licenciés devenus agressifs, des hommes politiques à la chaîne. Bref, seuls ceux qui n'avaient aucune relation familiale, aucune situation enviable, pas d'argent et pas le moindre pouvoir, ne risquaient rien.

Et comme ils n'avaient jamais eu le droit à la parole, ils ne purent pas empêcher le retour en arrière : l'interdiction formelle de toute forme d'euthanasie. Et on en revint avec soulagement à l'assassinat à hauts risques comme au meurtre en douceur par l'oppression sournoise que commettaient constamment en toute impunité tous les hommes qui avaient quelque pouvoir.

La légende

Les Drysures qui, les premiers, débarquèrent sur la Terre, en Europe, au début du XXIe siècle, n'étaient que vingt, mais ils ne risquaient pas de rencontrer un seul Terrien sur ce continent. Une guerre nucléaire l'avait rasé de fond en comble dix ans auparavant. Mais ils savaient que cette planète avait été habitée par des êtres humains comme eux.

Le spectacle avait de quoi frapper les Drysures qui se payèrent un rase-mottes en astronef sur quelques milliers de kilomètres, à toute allure. Toutes les villes comme le moindre village avaient été réduits en cendres, la nature n'était plus qu'un seul hachis en décomposition, la mer un gigantesque bourbier de pollution.

— On peut dire qu'ils n'ont pas fait les choses à moitié, se dirent les Drysures. Même la Lune fait moins penser à la mort.

C'est sur la côte atlantique française qu'ils trouvèrent les premiers et seuls vestiges d'une architecture terrienne. Trois bunkers allemands du mur de l'Atlantique de 1944, enlisés dans les dunes, miraculeusement intacts. Et l'un de ces bunkers avait été habité, aménagé. Même s'il était délabré, il restait suffisamment de preuves qu'il avait abrité, dans les années 80 sans doute, un couple assez jeune peu soucieux de faire des frais de décoration.

— Leur architecture et leurs intérieurs étaient plutôt sommaires, remarqua un des Drysures.

Mais ils découvrirent bientôt un appareil qui allait remettre ce jugement en question : un magnétoscope et une centaine de vidéocassettes. Ils emportèrent le tout à bord de leur astronef où, après avoir bricolé quelques ajustements, ils branchèrent le magnétoscope à un de leurs écrans vidéo.

Ils passèrent la soirée à se gorger d'images criardes et de sons discordants, d'intrigues simplettes et de dialogues brouillons : c'était un stock de clips captés sur télé, d'enregistrements de concerts rock, de publicités à la gloire de la santé et de la propreté, de feuilletons policiers ou de science-fiction, bref la vidéothèque de base d'un adolescent dans le vent des dernières années du XXe siècle.

Ils regardèrent, incrédules, consternés, les images défiler, engrenées dans quelques schémas strictement répétitifs : d'interminables poursuites en bagnole, des tueries gratuites pour le plaisir de montrer le plus de sang possible, d'épuisants affrontements loubards-flics, des avalanches hystériques de chanteurs hébétés, des duels idiots au laser dans les coulisses de l'espace et des courses-poursuites à la conquête de la connerie galactique, des jeux monocordes pour demeurés.

Avant d'arriver sur Terre, les Drysures s'étaient demandé si la légende concernant cette planète avait un fondement de vérité et s'ils trouveraient des preuves susceptibles de les convaincre. Maintenant, ils savaient que la légende avait un sens, une réalité indéniable : la Terre avait toujours été un gigantesque asile d'aliénés, l'asile vers lequel on déportait à travers l'espace les grands malades mentaux indésirables sur d'autres mondes. Ceux-là mêmes où ils représentaient un danger de contagion. Alors que sur Terre ils vivaient entre eux, en vase clos. Victimes ou bourreaux, exploités ou exploiteurs, mais tous égaux dans leur démence.

La loterie

Les affaires comme l'industrie allaient de plus en plus mal, les entreprises étaient acculées à la faillite, beaucoup de magasins fermaient à jamais leurs portes et trouver un emploi, même sous-payé, devenait de plus en plus problématique.

C'est alors que le gouvernement fit un coup double en lançant à grand tapage une loterie nationale dotée quotidiennement d'un même prix pour dix gagnants seulement : un emploi stable de fonctionnaire dans un des innombrables bureaux de chômage, ceux-là mêmes qui proliféraient un peu partout, à une cadence accélérée.

La malédiction

Il avait écrit une dizaine de romans sans doute trop déroutants, trop inclassables, pour intéresser la critique ou le public. C'est dire qu'il était demeuré un auteur maudit, méconnu, à une époque de haute promotion où l'on découvrait dans l'hystérie un minimum de trente chefs-d'œuvre par mois. Mais lui n'avait jamais fasciné que certains fanatiques de tous ses écrits et la vente de ses livres ne dépassait jamais mille exemplaires. Il s'y était fait, surtout qu'il n'avait jamais douté de son talent ni de son art de déconcerter le lecteur normalement constitué.

C'est plutôt par curiosité, et aussi parce que cela se pratiquait si couramment, qu'il se paya un jour un petit voyage de quelques heures dans l'avenir. Il se fit donc projeter en 2050 pour voir si, après sa mort, il connaissait une gloire posthume.

Il dut accepter un verdict sans appel : personne ne connaissait son nom ; il ne figurait dans aucun dictionnaire, dans aucune histoire de la littérature, même marginale ; et aucun critique ne semblait avoir eu à cœur de signaler cet oubli et de s'en indigner.

Il allait digérer son échec et revenir à la case départ en 2005 quand il apprit par hasard que, si lui était anonyme, le monde entier connaissait les titres des dix romans qu'il avait écrits et signés. Il ne lui fallut pas longtemps pour les trouver dans une librairie et tous portaient la signature d'un écrivain déjà célèbre depuis 1990 pour les interminables romans dans le vent qui lui valaient des tirages fulgurants. Après sa mort, cependant, il était tombé dans l'oubli jusqu'au moment où un exégète lui avait attribué la paternité de dix romans de génie écrits sous un pseudonyme que personne n'aurait jamais soupçonné. Une légende était née, on la citait partout : ce grand auteur de la fin du XXe siècle avait écrit sous son vrai nom des livres très commerciaux sans intérêt littéraire, et parallèlement, sous un autre nom, les dix livres si difficiles à lire qui allaient faire sa gloire posthume.

L'écrivain brimé rentra chez lui, au cœur de son époque, ulcéré. Mais comme il avait le sens de l'humour, il ne mit pas fin à ses jours. De toute façon, s'il devait demeurer inconnu de son vivant, connaître une célébrité posthume l'aurait plutôt dégoûté.

La mémoire

— Mais, demanda tout à coup Dieu en plein cœur du XXIe siècle, que sont devenus ces Terriens qui faisaient un tel vacarme dans leur galaxie ?

On lui expliqua qu'ils faisaient beaucoup moins de bruit parce qu'ils n'étaient plus que deux cents sur leur planète. Dieu s'en étonna et se demanda ce que ces derniers survivants pouvaient bien faire, sachant que l'homme demeurait rarement inactif.

On le lui dit en quelques mots.

— Ils sont jour et nuit en réunion exceptionnelle au sommet. Pour régler d'urgence les problèmes des déchets radioactifs et ceux de l'épuration des eaux polluées. Il s'agit d'assurer la survie de l'humanité.

Dieu approuva en silence, assez perplexe, puis retourna à ses occupations.

Le message

C'était un cosmonaute américain comme tous les autres : solide, discipliné, assez borné, croyant, patriote et bien entraîné depuis des années. Banal, vraiment. Sa mission, en revanche, avait de quoi frapper les foules : il allait être le premier homme à tenter un débarquement sur Mars. Et tout seul, fait également inattendu.

Les premiers jours, il se conduisit exactement comme ses prédécesseurs de l'espace. Il s'adressa aux hommes du monde entier pour leur dire combien la Terre était belle vue de haut et l'infini grandiose ; il ouvrit ensuite sa bible de poche et en lut quelques passages avec les intonations hébétées qu'il fallait, après quoi il s'adressa à sa famille pour demander si la petite fille mangeait bien et si le garçon veillait sur sa mère. Tout allait pour le mieux dans le meilleur des espaces : c'était un bon père, un bon chrétien qu'on envoyait conquérir Mars.

On bascula dans le doute deux jours plus tard.

Le cosmonaute avait un air de plus en plus égaré, perdu dans un mysticisme confus, il ne faisait plus la moindre allusion à quelque détail technique de son périple, ne répondait pas aux questions du quotidien spatial et choqua les croyants comme les athées quand il se composa une expression béate et papale pour susurrer qu'il profitait d'être perdu en plein ciel pour bénir le monde de haut. Ensuite, sur le ton d'une litanie exaltée, il se mit à réciter la bible, mais en se mettant à la place de Dieu, ivre de détailler ses glorieuses prouesses de créateur-tueur mégalomane.

Le lendemain, après avoir observé quelques minutes de silence, il adressa un dernier message à l'humanité. Il déclara qu'il approchait du but, que d'un moment à l'autre il allait arriver sur Son Royaume, qu'il savait que c'était bien et qu'il n'aurait plus rien à dire aux hommes.

En effet, il coupa le contact avec la Terre, court-circuitant la radio, les ordinateurs, la vidéo, l'électronique. Personne ne sut jamais si oui ou non il était arrivé sur Mars, personne n'eut plus jamais de ses nouvelles.

Comme Dieu, en somme.

Le miraculé

Envoyé dans l'espace avec succès, le cosmonaute avait accompli sa mission jusqu'au bout, mais sur le chemin du retour les choses se détériorèrent. À la suite d'une erreur de calcul, la capsule, qui devait tomber près des côtes, dévia de sa trajectoire, se perdit et tomba dans les eaux les plus meurtrières du monde, au large du cap Horn.

Où personne ne l'attendait pour la récupérer. De plus, le vent d'ouest soufflait à force 9, le courant de marée avait une puissance de torrent et le canot de survie gonflé en catastrophe ne pesait guère bien lourd dans ce cauchemar marin au bout du monde.

Trimbalé de la crête des lames à leur creux huit mètres plus bas, le prolo de l'espace regrettait la douceur et le silence des grands gouffres du néant. Et du cocon électronique où tout était prévu, logifié, sécurisant, douillettement mis sur ordinateur, il n'en revenait pas de se retrouver sans transition dans un monde de tumulte, d'embruns furieux où tout était sauvagerie, anarchie, enfer liquide et ténèbres grondantes.

Mais, poussé par les vagues et les courants, le vent et l'horreur mouvante, il fut rejeté jusqu'à l'océan Atlantique où il fut recueilli par hasard, gelé, affamé, assoiffé, contusionné, choqué, encore vivant pourtant.

Il mourut quelques semaines plus tard, emporté par une mauvaise pneumonie qu'il avait attrapée un soir d'hiver alors qu'il revenait d'un studio de New York où il avait participé à un débat télévisé sur les moyens de survivre à travers tout, dans le froid, la tempête, l'humidité, sans vivres et sans espoir.

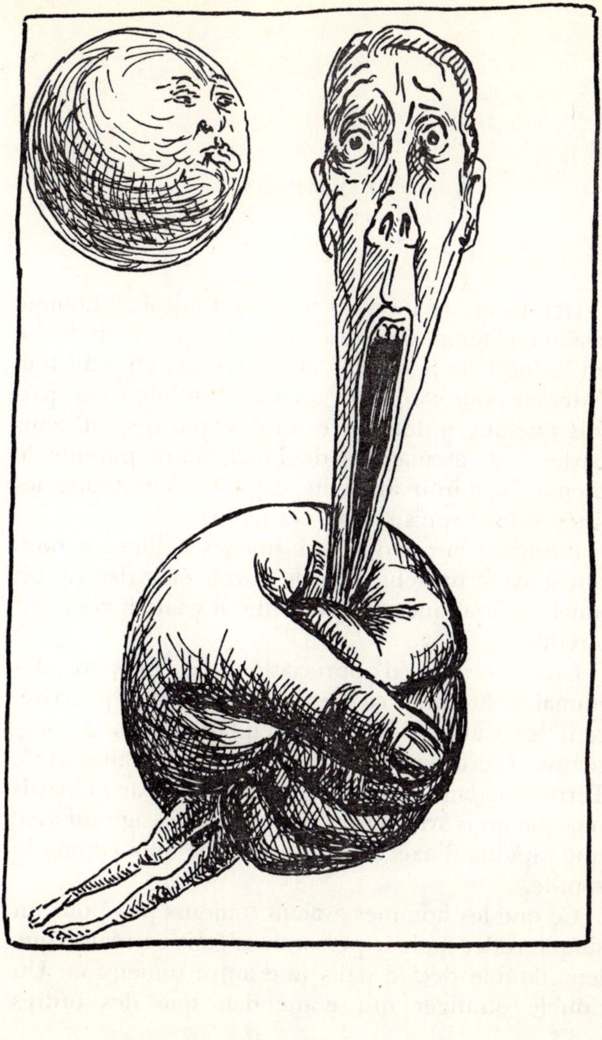

Les miroirs

Depuis qu'on lui avait tendu un miroir, l'homme avait eu le temps de penser à son reflet, il avait même eu le loisir de le scruter, de le vénérer. Il avait toujours eu pour son reflet toutes les indulgences, parfois quelque indifférence ou quelque dégoût. Sans parler des fascinations de l'imaginaire puisque le thème du miroir avait été exploité dans toutes les littératures depuis la nuit des temps.

L'homme aurait dû savoir que les vieilles légendes ont souvent un sens. Mais le miroir était devenu un objet si banal que plus personne n'y faisait vraiment attention.

Grave erreur d'appréciation de la part des humains. En effet, ce n'est pas par le ciel qu'arrivèrent les « autres » qu'on attendait depuis si longtemps. C'est par les miroirs qu'ils envahirent la Terre. Soudain, tous en même temps. Par milliards puisque nous avions tous un reflet. Et ils agirent avec une rapidité d'exécution qui avait de quoi couper le souffle.

Ce que les hommes avaient toujours pris pour un simple reflet de leur personne n'était en réalité que leur double décalé dans une autre dimension. Un double étranger qui n'attendait que des ordres secrets pour quitter cette dimension et entrer dans la nôtre, y prendre notre place.

Cette calme invasion que l'on n'eut même pas le temps d'enregistrer ne laissa que peu de survivants parmi les Terriens. Trop peu pour en parler. En effet, vérité à peine admissible, nos doubles étaient encore plus dangereux que nous-mêmes.

Le messie

Depuis le temps que tant de croyants espéraient ou prévoyaient sa venue, on avait fini par ne plus y penser et, pourtant, un jour, il arriva vraiment : le messie. Et tombé du ciel, en plus.

Personne ne put le voir car il ne sortit pas de l'engin ovoïde et tout lisse qui s'était posé sur Terre, dans les faubourgs d'une ville de peu d'importance. Mais le message qu'il avait à transmettre fut, incompréhensible magie, perçu simultanément par tous les vivants de ce monde. Il leur annonça qu'on avait jugé en haut lieu que l'expérience terrienne s'était révélée un regrettable échec et qu'on avait pris la décision de ne pas la prolonger.

Et ce délégué kamikaze se désintégra en désintégrant son engin, ce qui en moins d'une seconde provoqua l'anéantissement de toute la planète.

Le naturel

Il n'y eut qu'un seul témoin pour assister, en rase campagne, à l'atterrissage de cette modeste fusée crachée par l'insondable.

Dissimulé derrière un talus, il vit trois êtres vivants mettre le pied sur le sol de la Terre. Ils avaient en effet deux jambes, comme nous, deux bras, une tête entre les deux épaules et, à part leur teint qui tirait sur le bleu foncé, ils semblaient avoir les mêmes traits que les humains.

Les mêmes réactions naturelles aussi. Car le témoin les vit faire quelques pas et, soudain, ils éclatèrent de rire, tous les trois en même temps. Ils se bousculaient fraternellement, se donnaient de viriles bourrades dans le dos en désignant par à-coups ce qui provoquait ce tonique fou rire.

Impossible de s'y tromper, même si le témoin en croyait à peine ses yeux : c'était un arbre d'une exemplaire banalité, un imposant et vénérable vieux chêne.

La nausée

Toute sa vie, il l'avait passée à bord de son grand voilier qu'il barrait en solitaire, passant d'un océan à un autre, d'une tempête de force 12 aux calmes plats, subissant au fil des eaux toutes les marées, toutes les déferlantes, toutes les douces houles, tous les climats et courants marins, tous les imprévus hauturiers.

Jusqu'au jour où, pris dans une tornade d'une exceptionnelle violence, il perdit son voilier qui se fit impitoyablement drosser sur des récifs.

Il fut rejeté sur une plage de sable déserte et gagna l'intérieur du pays où il se retrouva dans les rues d'une petite ville. Trempé de sueur, le teint verdâtre, les jambes coupées, dégueulant ses tripes, jusqu'au moment où il s'écroula.

Le médecin qui l'ausculta ne comprit rien à son cas. Pourtant fort simple, même si le fait semblait singulier, unique peut-être : le navigateur souffrait du mal de terre.

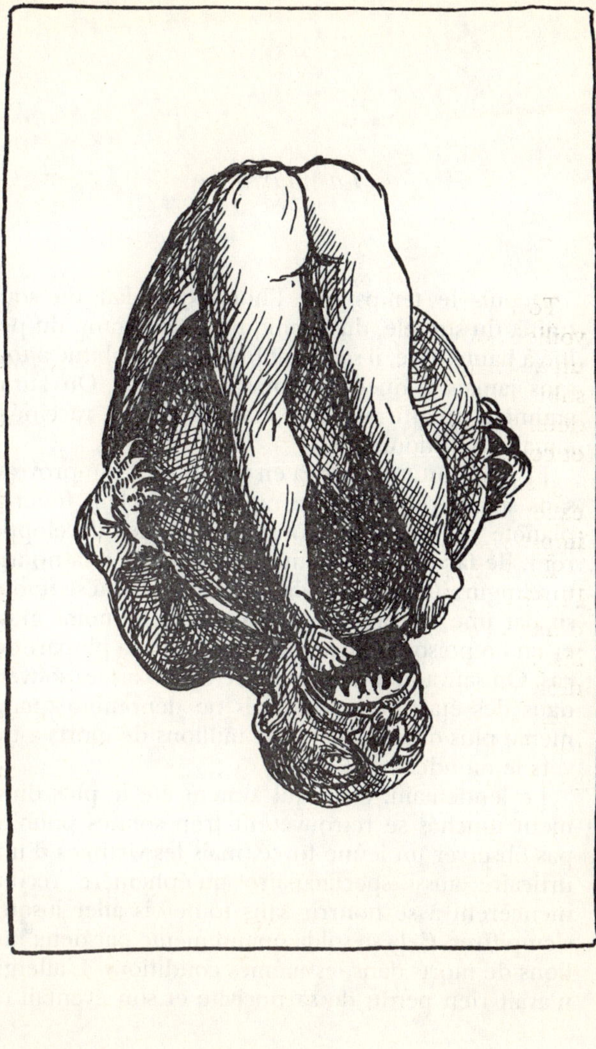

La nourriture

Depuis le temps que l'homme avalait du sous-traité, du surgelé, du chimique, du colorant, du pollué à haute dose, il semblait bien s'être habitué à tout sans jamais risquer le moindre malaise. On aurait vraiment pu affirmer qu'il était immunisé, vacciné, à jamais conditionné.

Et pourtant, tout arriva en une nuit, à l'improviste, sans signes précurseurs, frappant de plein fouet la planète tout entière. Tous les hommes développèrent, de façon foudroyante, une allergie à la nourriture ingurgitée dans les deux heures, ce qui se traduisit par une urticaire géante au stade le moins grave et un empoisonnement gastrique dans la plupart des cas. On sauva un grand nombre d'intoxiqués souvent dans des états critiques, mais on dénombra quand même plus d'une dizaine de millions de morts à travers le monde.

Le lendemain, ceux qui avaient été le plus durement touchés se retrouvèrent trop sonnés pour ne pas observer un jeûne forcé, mais les victimes d'une urticaire aussi spectaculaire qu'éphémère recommencèrent à se nourrir sans toutefois aller jusqu'à s'empiffrer. Cela se solda quand même par deux millions de morts dans les mêmes conditions. L'allergie n'avait rien perdu de sa nocivité et son éventail de troubles n'épargna aucun consommateur plus ou moins glouton.

En revanche, on dut admettre une autre évidence, encore plus dérangeante. Toutes les informations l'affirmaient : on ne déplorait pas la moindre victime parmi ceux qui dépérissaient dans la crasse et la misère des pays sous-développés ou à l'ombre des citadins nantis à d'autres latitudes. Parmi les millions d'êtres humains qui devaient se contenter de quelques grains de riz, de misérables galettes de maïs, de décoctions de navets, d'herbes merdiques ou de vieilles tiges, il n'y avait pas la moindre victime d'une banale indigestion.

C'est alors que, pour la première fois dans l'histoire de l'humanité, se posa un problème qui laissa la gauche aussi hébétée que la droite : comment remanier le monde en partant du principe que, désormais, pour survivre, il fallait crever de faim ?

Le novateur

Le monde du nautisme avait connu un tel déferlement de voiliers différents, une telle avalanche de prototypes nouveaux, dans l'euphorie des années 60, qu'il ne pouvait aller qu'au naufrage. À l'aube du XXIe siècle, en effet, on ne connaissait plus que trois types de bateaux : le grand voilier de croisière, le catamaran et la planche à voile.

C'est par un vent de force 3 que ce fervent de la planche bouclait les derniers milles d'une randonnée de douze heures et, comme il naviguait sous vent arrière et qu'il sentait l'épuisement le gagner, il eut l'idée de s'accroupir sur sa planche tout en gardant tant bien que mal son cap. Mais cette instabilité le fit réfléchir et, le lendemain, il bricolait un safran en plastique qu'il arrima à l'arrière de son engin avec une barre assez longue pour manœuvrer. Dès lors, comme il ne lui restait plus qu'une seule main pour s'accrocher à son wishbone difficilement à sa portée, il imagina une petite écoute qui lui permettait d'ouvrir ou de border sa voile. Tout en demeurant constamment assis, bien en équilibre sur l'arrière de sa planche.

Une semaine plus tard, il allait déposer son idée au bureau des brevets : il était persuadé d'avoir inventé le dériveur léger dont il n'avait évidemment jamais entendu parler.

L'obsédé

Dès la fin du XXIIe siècle quand l'homme put revendiquer le titre de Roi de l'Espace, voyager d'une galaxie à une autre devint furieusement à la mode et aller au-delà des antipodes baiser des extraterrestres s'imposa comme la hantise de tous les obsédés sexuels.

J'en étais un, parmi tant d'autres. Je l'avais toujours été. Je n'avais jamais eu un insatiable besoin de faire l'amour, j'étais incapable de grandes prouesses sexuelles, mais j'avais une curiosité des filles impossible à étancher, une curiosité haletante de leur cul, de leur sexe, de leur façon de jouir, de se refuser ou de se prêter avec plus ou moins de sincérité, un besoin presque maladif de les enjôler, de les piéger, de les troubler pour voir quand et comment elles me révéleraient leur vrai visage en m'ouvrant leurs cuisses. La conquête fiévreuse des filles et la quête vibrante de leur con étaient mes seules diversions, mon seul loisir, la seule aventure quotidienne qui occultait ma peur de crever, ma certitude que rien ne valait la peine d'être entrepris ou poursuivi. Mais me laisser appâter par le désir d'une femme, l'assouvir, m'en lasser, trouver une autre raison femelle d'avoir soif, cela me faisait oublier toute angoisse, toute vanité des vanités, alors que, de toute évidence, courir d'un cul à un autre ne me paraissait guère plus important, dans l'absolu, qu'écosser des petits pois, écrire un chef-d'œuvre, diriger un État ou se branler en solitaire.

Mais, depuis quelques années, ce cross-country à travers monts de Vénus et cratères en lave, forêts de pubis et chutes de reins, en arrivait à me lasser, à me paraître monotone. Les femmes me semblaient avoir, dans l'ensemble, toutes les mêmes réactions, à quelques névroses près qui, d'ailleurs, ne pouvaient que m'agacer. Et leurs corps me paraissaient également se ressembler, même si les uns étaient trop minces, les autres trop grassouillets, rarement bien proportionnés, encore plus rarement très excitants. À part les filles qui mouillaient au moindre attouchement et celles qui demeuraient à sec à travers tout, je ne faisais plus de différence entre elles.

J'en arrivais à regretter de n'avoir connu que des femmes de la Terre et aucune créature d'un autre monde. Et, jugeant qu'il était temps de réagir, je m'accordai une année érotico-sabbatique pour aller voir ailleurs et vérifier si oui ou non les voyages pouvaient redonner la jeunesse au lieu de simplement la former.

Je dus déchanter assez vite. Certes, des sujets de stupeur, on en trouvait beaucoup, mais ils ne débouchaient que rarement dans le stupre et plus souvent dans l'épouvante. Parce que, en marge de la fascination devant le sidérant, on subissait plus fréquemment l'effroi devant le sidéral. Et, à part quelques planètes qui réservaient de tendres coïts et de sublimes perversions, il fallait accepter toutes celles où les impondérables inquiétants régnaient en maîtres et l'improbable sulfureux en contremaître.

Comme Maganyde où la moindre éclaboussure de

sperme aurait provoqué, par quelque mystère chimique, une dangereuse explosion. Calcyde, monde si xénophobe que pour un étranger adresser la parole à une Calcydienne signifiait la peine de mort sans appel. Gravège où tous les êtres étaient si évidemment bisexuels qu'ils étaient dotés d'une énorme bite par-devant et d'un con vorace par-derrière, ce qui provoquait une étrange excitation vite changée en nausée de répulsion. Nitryde où des lois très strictes obligeaient tous les couples à demeurer imbriqués l'un dans l'autre durant au moins une semaine. Synadre où les rapports hétérosexuels étaient devenus contre nature et où tout un monde qui avait viré à l'homosexualité se laissait mourir en refusant l'idée de procréer. Tyrge, planète dominée par des êtres de couleur qui seraient morts de dégoût et de frayeur en voyant un homme blanc nu devant eux.

Et que dire des créatures femelles que l'on pouvait rencontrer sur d'autres mondes ? Les Terriennes avaient leurs tares, leurs défauts monocordes, leurs raisonnables difformités mais l'inattendu incongru appartenait à l'ailleurs.

Ainsi, les Argyrèles dont les doux corps couverts de duvet d'oisillon dégageaient sous l'effet de l'excitation sexuelle une odeur de chloroforme qui se révélait vite insoutenable. Les Vanydranes qui mouillaient à flot continu sous la moindre caresse alors que cette liqueur apparemment enivrante avait des propriétés débandantes pour tout sexe d'homme. Les Vydrèses aux corps plus stupéfiants que ceux de nos mannequins de choc, mais si déroutantes puisqu'elles ne portaient aucune tête entre leurs superbes épaules. Les Tordryges, un peu algues des mers, un peu poissons-poisons que l'on ne pouvait prendre que dans l'eau avec le risque accepté de se noyer au gré d'une singulière jouissance aquatique, enserré par quatre bras-tentacules très câlins et des dizaines de ventouses que l'extase affamait. Les Ardouses dont le sexe rapace et gourmand agissait comme une anémone ventouse capable de vider de son sang l'humain qui se serait laissé prendre à ce piège de velours.

Sans oublier le mirage vivant que symbolisaient les Thrides, brunes aux croupes et aux seins ravageurs, tellement excitantes qu'elles semblaient toujours mimer une parodie de la porno classique, mais uniquement destinées à la branlette car leur vagin carnivore devenait au moment de l'orgasme un impitoyable étau de glace dont la température descendait à – 40°. Ou les Giralgues dont les corps si bien galbés paraissaient si frustrants puisqu'elles se mouvaient dans un tel ralenti qu'une semaine leur suffisait à peine pour simplement ouvrir les cuisses. Ou encore les Fluodrages, douces et désirables girafes que l'on ne pouvait convoiter que dans le vide car elles ne se couchaient jamais, demeuraient constamment sur leurs pattes à deux mètres au-dessus du sol, et, même en se hissant sur la pointe des pieds, on aurait eu du mal à leur mettre simplement la main au cul.

Mais les créatures les plus perturbantes restaient celles de la planète Logaros. Incroyables éponges avec leurs replis suintants comme autant de vagins, leurs multiples petites croupes, elles n'étaient en somme que des paysages sexuels dans lesquels on redoutait de s'enliser à tout jamais aussi sûrement que dans une énorme motte de beurre. Privées de membres et de visage, elles avaient pourtant d'énormes yeux liquides, glauques, gavés d'une singulière soumission, et dès qu'on enfonçait un doigt dans un de leurs replis toujours gluants, elles s'arrachaient des râles rauques qui rappelaient étrangement l'orgasme des femmes quand l'amour les hantait vraiment.

Ce qui devenait de plus en plus rare sur Terre où faire l'amour semblait moins exaltant que faire du jogging, prendre un repas, aller au bureau ou griller au soleil. Mais c'est quand même avec soulagement que je revins sur Terre. Assez déçu par mon périple et plutôt frustré.

Au bar de l'astroport, je fis la connaissance d'une jeune femme avec laquelle je passai une nuit qui me parut bien rassurante après ma plongée d'un an dans les tréfonds de l'imprévu. Elle s'appelait Nicole et c'était, en toute simplicité, une petite blonde ironique et un peu paumée, souriante et triste, pas trop bavarde, assez soumise. Et surtout, elle avait deux seins seulement, des yeux clairs des deux côtés du nez, un cul normalement fendu qui se jetait dans l'estuaire d'un sexe constamment irrigué, une bouche faite pour parler, sucer et crier. Une femme comme une autre sans doute, mais lui faire l'amour normalement me parut tout à fait insolite. De plus, comble de l'ironie, elle habitait dans ma rue, presque en face de chez moi. Jamais je ne l'avais croisée, alors que je vivais là depuis quinze ans.

L'opposition

En 2005, aux élections législatives, avec 75 % des suffrages, la gauche remporta la plus écrasante victoire qu'elle ait jamais enregistrée.

Quelques semaines plus tard, ne pouvant digérer leur défaite, tous les hauts responsables de droite, presque tous les P.-D.G. réactionnaires et la plupart des directeurs de grosses entreprises se mirent en grève. Exactement comme les prolos, autrefois.

C'est alors que le pays connut un essor tout à fait inespéré.

L'ordinateur

Il y avait deux ans que la multinationale attendait cet ordinateur unique au monde qui devait résoudre tous ses problèmes de gestion — et elle en avait de plus en plus.

Imposante, hautaine dans la simplicité plastique de sa formidable complexité interne, l'énorme machine électronique avait des facultés illimitées, des pouvoirs surprenants, des possibilités innombrables. Elle aurait pu remplacer des services au grand complet, une armée de comptables, n'importe quelle fournée de directeurs et aucune question de gestion, aucun problème apparemment insoluble ne pouvait la prendre de court.

Mais, dès son installation dans les bureaux de l'entreprise, c'est elle qui prit les responsables de court en leur signifiant qu'elle ne se mettrait en activité qu'à la seule condition d'être officiellement syndiquée et affiliée à la Sécurité sociale. Le lendemain, ayant obtenu satisfaction, elle se mit en grève parce que le local où elle était entreposée ne lui plaisait pas. On la déplaça d'un étage, on lui trouva une pièce plus spacieuse où elle exigea la présence à plein temps d'une secrétaire particulière qu'elle voulait aussi compétente que séduisante. Cette requête inquiéta si bien la direction qu'on jugea nécessaire de confier l'ordinateur aux bons soins d'un psychanalyste. Et l'ordinateur devait dissimuler dans ses entrailles des trésors de complexes et de complexités embrouillées car les séances d'analyse duraient de 9 heures du matin à 16 heures.

Une semaine plus tard, l'entreprise vendait à bas prix la machine si perfectionnée à une firme concurrente dont elle voulait depuis longtemps la peau.

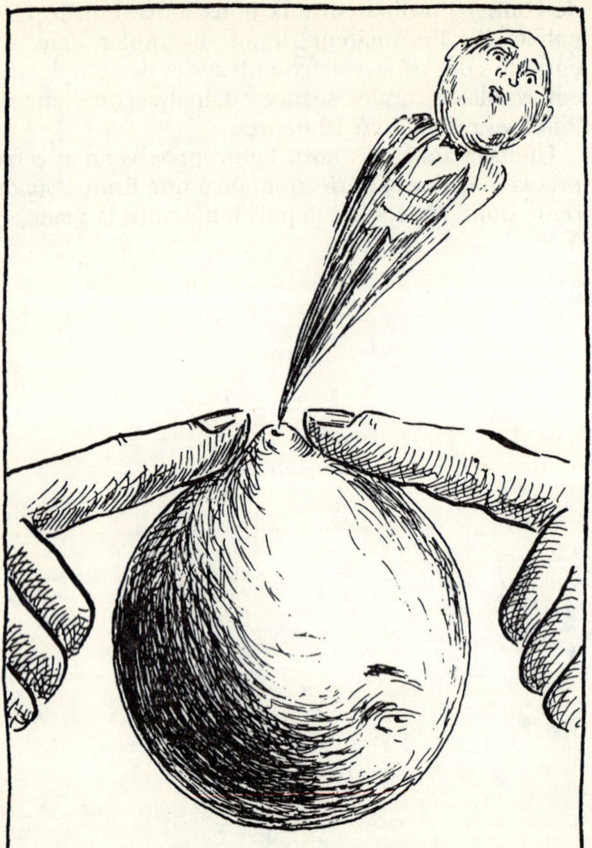

Le pacifisme

C'est en hiver 2002 qu'éclata brusquement la Troisième Guerre mondiale. Ne pouvant plus contenir leur potentiel d'agressivité avivé par une crise décidément insoluble, quatre grandes puissances libérèrent leurs missiles à haute nuisance pour les envoyer en plein centre des villes les plus peuplées. Le conflit ne dura qu'une seule nuit et fit 550 millions de victimes.

Deux ans plus tard, la France et l'Allemagne qui étaient restées modestement en dehors de ce carnage nucléaire voulurent retrouver, pour la troisième fois, les sortilèges virils de la grande boucherie qu'elles organisaient si régulièrement depuis plus d'un siècle. C'est alors qu'on enregistra un fait unique dans l'Histoire et les annales militaires : soucieux de retrouver une guerre « propre » menée par des fantassins, les deux pays proclamèrent tapageusement la mobilisation générale à laquelle répondirent 1 245 Français et 896 Allemands.

On dut admettre qu'on venait d'entrer dans l'ère de la lucidité et qu'il était temps de penser à un désarmement général. Cela se fit dans le monde entier, à tous les niveaux de la technologie du meurtre : on détruisit les fusils des baraques foraines comme les fusées tueuses les plus perfectionnées.

Le XXIe siècle allait sur ses 5 ans quand, pour la première fois, des êtres venus d'ailleurs, d'une lointaine galaxie, débarquèrent sur la Terre.

Les Stryges ne pouvaient que décevoir les camés de l'étrange conventionnel : ils n'avaient rien des monstres galactiques qui crachaient le feu depuis tant d'années dans les magazines de science-fiction. Ils nous ressemblaient comme des frères et ils étaient venus en force pour le prouver : une armada de deux millions de Stryges armés jusqu'aux dents. Les hommes, désarmés jusqu'aux dents également, ne purent qu'accueillir les envahisseurs avec des fleurs, de l'étonnement et un semblant de cordialité. Qui ne donna le change à personne. Les Stryges colonisèrent les Terriens bien plus rapidement et plus facilement que les Européens jetés face aux Indiens ou aux Africains.

Non sans un certain nombre de massacres tout à fait gratuits. Pour l'exemple, peut-être. Ou pour le plaisir alors. Par jeu. Pour ne pas perdre la main.

Les Stryges ressemblaient, en effet, aux Terriens comme des frères. Mais à ceux d'avant la Troisième Guerre mondiale.

Les parallèles

Il regarda l'heure : 6 heures du matin.

Cela l'étonna. Il s'éveillait parfois à 4 heures du matin, jamais à 6 heures. Mais c'est en vain qu'il tenta de se rendormir et il comprit alors que c'était le bruit de l'ascenseur qui l'avait réveillé. L'ascenseur dont le ronflement asthmatique trahissait la montée, et tout cela le rejeta trente ans en arrière. En pleine guerre, aux arrestations à l'aube sans cesse à craindre dès 1941, aux réveils en sursaut, à l'angoisse d'entendre l'ascenseur s'arrêter à son étage. Il ferma les yeux. Tout cela était si loin dans le temps, si proche dans son sursaut de crainte, comme pris entre deux improbables dimensions.

Le bruit cessa. Des grilles s'ouvrirent, des pas particulièrement sonores se faisaient entendre sur le palier. Un coup de sonnette le jeta hors de son lit, un son aussi brutal que celui des huissiers au petit matin. Il ouvrit la porte.

— Gestapo, dit l'un des deux policiers qui se tenaient sur le palier.

L'homme allait lui demander de qui il se moquait, mais il avait si évidemment l'allure et la morgue d'un officier de la Gestapo qu'il se tut. Il resta sans bouger quand l'autre policier entra dans l'appartement.

— Habillez-vous, dit-il. Et suivez-nous.

Il les suivit.

Ils le poussèrent dans une voiture matriculée POLIZEI qui s'arrêta à la gare de l'Est. Toujours encadré par les deux hommes de la Gestapo, il arriva sur le quai 6 où il fut brutalement pris en charge par un s.s. qui, d'un geste ponctué par une mitraillette, lui signifia d'avancer.

Sur le quai 7, des voyageurs montaient sans se presser dans le T.E.E. qui devait partir vers Hambourg. Sur le quai 5, d'autres voyageurs prenaient d'assaut le Paris-Strasbourg. Avec leurs billets oblitérés « 25 juin 86 ».

Mais sur le quai 6 où stagnait un train de marchandises aux wagons marqués JUIFS, les s.s. entassaient des femmes, des enfants, des hommes qui hurlaient à la mort. Des chiens policiers et des mitrailleuses montaient la garde. On jeta l'homme dans la mêlée.

Personne, sur le quai 7 ou le 5, ne leur accordait un regard. Leurs cris passaient inaperçus, leur affolement tombait dans le vide.

Il se laissa aller. Il venait de comprendre : ils étaient sur d'autres rails, faits comme des rats.

Et le train s'ébranla. Dans l'indifférence générale des voyageurs affairés ou indolents d'un beau matin d'été.

Destination Auschwitz ? Dachau ? Buchenwald ? Belsen ? Quelle importance ?

Le passage

Comme on aurait pu s'y attendre, un jour, l'homme préhistorique aperçut par hasard son reflet dans l'eau lisse d'un étang. Il se trouva beau et en conçut un indiscutable sentiment de vanité qui lui donna de l'assurance, de l'égocentrisme, de quoi réveiller toute l'agressivité enfouie en lui.

L'histoire de l'humanité venait secrètement de commencer.

Le passé

L'affrontement entre les manifestants et les C.R.S. risquait d'être violent.

Ceux-ci s'alignèrent pour passer à l'attaque. Prêts à la détente, ils empoignèrent leurs boucliers de protection, abaissèrent la visière de leur casque, ce qui leur donnait cette vague allure de guerriers du Moyen Âge.

Ils avancèrent en bon ordre, sur un seul rang, et reçurent de plein fouet une meurtrière volée de flèches acérées venues du fond des temps.

La passion

Je l'avais rencontrée, pendant les vacances, alors que je séjournais sur la planète Dryge, à tant de millions de milles célestes de la Terre.

Elle avait cette douceur insolite, et d'ailleurs insolente, des Drygiennes. Ces grands yeux bleus singulièrement pâles, cette bouche trop large si bien dessinée, cette expression à la fois tendre et sauvage, ironique et désarmée, et aussi cette peau qui nous mettait les sens à l'envers, tellement plus douce que celle de n'importe quelle Terrienne. Une peau claire en harmonie avec ses cheveux blonds si fins que, dans la lumière, ils apparaissaient comme des fils de soie. Elle était petite et très mince, presque fluette, mais ses seins plus attendrissants qu'agressifs, ses fesses rondes et charnues modelaient une surprenante image de femme-enfant de rêve.

Elle bougeait beaucoup, marchait souvent en sautillant et nageait comme une loutre dont elle avait d'ailleurs l'agilité et la constante fébrilité teintée d'inquiétude.

Son intelligence n'était pas moins vivace, vierge de toute référence culturelle, de toute tendance à l'analyse, à la confidence ou au besoin de questionner. Il était difficile de prendre sa lucidité en défaut et son imagination paraissait constamment en éveil, aux aguets, comme son sens de la dérision ou de l'absurde. Tout en elle était fluidité, à part son humeur toujours égale, à travers tout.

Elle vivait exclusivement dans le présent, la fugacité de l'instant. Il était impossible de lui arracher la moindre confession, des bribes concernant son passé ou des germes de projets d'avenir. Jamais personne ne m'avait donné une telle sensation de gaieté de vivre en ne faisant jamais la moindre allusion aux angoisses que dissimulait son visage déchirant déchiré. Je ne décelais jamais aucune trace de sentimentalisme, de mièvre affectivité en elle. Je savais que je tenais à elle, mais j'aurais été incapable de dire à quoi elle pouvait bien tenir.

Allergique au monologue confessionnel, elle avait en revanche une singulière aptitude à la divagation balbutiée et surtout au dialogue mouvant, ambigu, surréel, toujours décalé par rapport à la réalité, équivoque et allusif quand il basculait dans la sensualité. Tout pouvait lui inspirer une souriante dérision ou de surprenants commentaires. En revanche, elle ne parlait jamais pour ne rien dire et, depuis les premiers jours avec elle, je pressentais que je deviendrais allergique aux autres femmes monologueuses égocentriques ou mornes silencieuses par manque de toute imagination. Toutes me paraissaient si banales à côté d'elle, si prévisibles. De plus, je ne les supporterais même pas physiquement. J'étais oxydé par sa présence à elle, je vivais hanté par mon besoin de la regarder, de l'écouter, de la toucher, de me coller à son corps, de dormir avec elle.

Et ce qu'elle avait encore de plus déroutant par rapport aux humains terriens, c'était son incapacité de prendre quoi que ce soit au sérieux. Ni les sentiments, ni les situations, ni les servitudes du quotidien, ni les plongées dans la métaphysique. Elle était légère, sans jamais tomber dans la futilité ; insouciante, mais à la façon d'un jeune animal d'ailleurs assez sauvage qui devenait si câlin quand elle se laissait apprivoiser. Sa grâce, sa beauté, sa gentillesse, cette angoisse qui givrait son regard et qu'elle dissimulait à travers tout, son humour sans cesse avivé par le moindre détail de tous les jours, tout cela m'était devenu indispensable.

Je pouvais passer des heures à la regarder évoluer n'importe où, accomplir n'importe quel geste banal ; je me sentais étranger à tout, à tous, y compris à moi-même quand je la quittais pour quelques heures ; je ne supportais plus personne à part elle, je ne désirais plus aucun corps à part le sien, je n'étais plus sensible qu'à ses ondes comme à ses vibrations, et tout ce qui vivait en dehors d'elle me laissait froid.

Je la ramenai avec moi sur Terre puisque je ne voyais pas de quoi j'aurais pu survivre sur Dryge.

Elle devait avoir dix-huit ans quand j'allai vivre avec elle. Je ne lui avais jamais demandé si elle tenait à moi ou ce qu'elle ressentait pour moi ; avoir en moi la douceur et la fureur de l'aimer me suffisait. De toute façon, l'interroger ne me menait jamais nulle part, elle riait ou souriait en guise de réponse aux questions intimistes trop précises. Et cette enquête sentimentale ne m'intéressait pas tellement, elle me paraissait assez vaine, comme si j'avais eu l'idée absurde de demander à un séduisant chaton ce qu'il ressentait pour moi. Savoir qu'elle m'avait accepté, suivi et qu'elle restait avec moi me comblait. Cela me prouvait qu'à sa façon à elle, sans doute ténébreuse, taciturne, égoïste et assez perverse, elle tenait à moi. Sonder ses brumes personnelles et sa confusion mentale ne me concernait pas.

Ce qui m'attendait, au bout de mon aventure avec elle, était autrement plus effrayant.

Ce que je ressentais pour elle s'avivait sans cesse, j'avais de plus en plus envie d'elle, de plus en plus le besoin de lui parler, de l'entendre me parler, de l'avoir sous mes mains, dans mon regard ; et parce que je vivais constamment avec elle, devant elle, en elle et pour elle, je ne mis pas très longtemps à admettre de face une évidence de choc, à peine crédible et pourtant irréversible : sur Terre, de façon inexplicable, et pour d'insondables raisons, ma Drygienne rajeunissait de semaine en semaine.

Elle devait aller sur ses treize ans quand je m'avouai cette vérité. Physiquement, elle avait toujours eu l'air d'une fillette étonnamment bien faite, je ne pouvais pas ressentir le choc d'une bien grande surprise. Sexuellement, cela changeait encore moins de choses car elle n'avait jamais aimé se faire pénétrer et préférait les caresses, les tendres perversités, le corps à corps au bord de la jouissance sans coït obligatoire. Mentalement, elle était égale à elle-même, malgré le reflux de l'âge, elle était toujours vibrante et infantile, câline et provocante, allumée et réservée.

Le temps d'y penser, je la surpris un jour dans un square de mon quartier où un garçonnet de son âge lui caressait tendrement les cheveux. Il devait avoir huit ou neuf ans. Je me heurtai à un sentiment de jalousie jamais connu, aussi opaque qu'un mur, et je pris la fuite, conscient d'avoir un instant ressenti l'envie de tuer un enfant.

Neuf ans déjà, alors que quelques mois à peine avaient passé depuis que je vivais avec elle loin de Dryge. Et comment supporterais-je de la perdre définitivement dans un avenir si proche ?

Le lendemain, je quittais la Terre pour m'installer sur Dryge.

Je ne voyais plus quelle fille de la Terre aurait pu me fasciner, m'intéresser, me troubler, me faire perdre l'équilibre. Et je ne voulais pas non plus passer ma vie à regretter ma Drygienne perdue.

Sur Dryge, je rencontrerais un jour une de ses sœurs ou même une cousine peut-être aussi fascinante qu'elle. Sur son monde, elle n'était sans doute qu'une femme comme une autre, d'autant plus que les Drygiennes se ressemblaient, à peu près comme nos chats se ressemblent entre eux. Le tout était d'admettre ce que je ne pouvais plus nier : la femme que je pouvais vraiment aimer n'appartenait pas à la Terre, elle n'était pas née là et ne vivait pas là.

Le P.-D.G.

Depuis dix ans que la firme avait été fondée, trois P.-D.G. s'étaient succédé à la direction. L'affaire ne risquait pas la faillite, on pouvait même la dire assez prospère, mais elle aurait pu faire bien plus de bénéfices en étant gérée avec un maximum d'efficacité. Les trois P.-D.G. s'étaient révélés incapables d'être vraiment à la hauteur de cette tâche. La complexité même de l'affaire les dépassait, comme cela arrivait de plus en plus souvent dans un monde qui voyait trop grand et pensait trop bas.

Alors le conseil d'administration consentit à investir une énorme somme d'argent dans l'acquisition d'un robot miniaturisé, ordinateur sans précédent qui devait être capable de diriger n'importe quel secteur commercial, de se jouer de tous les problèmes de n'importe quelle affaire. Et doté de circuits si perfectionnés, si sensibles, qu'ils reproduisaient l'ambition et les raisonnements sans faille d'un arriviste humain désireux de gagner le plus d'argent possible.

Le robot fut reçu en grande pompe par tous les hauts responsables de l'entreprise, on consacra la journée à porter des toasts et à déclamer des discours de bienvenue. Puis, en fin d'après-midi, on fourgua dans les entrailles du robot une avalanche de données comptables, techniques et promotionnelles de la maison en lui laissant la nuit pour les assimiler.

Le lendemain, interrogé par Minitel, il répondait qu'il avait besoin d'une journée de réflexion. Après quoi, il fit savoir qu'il lui fallait un temps de repos. Qui dura cinq jours. Avec quelque sérieux, on en arriva à se demander si ce robot n'avait pas en réalité qu'une seule fonction bien précise : faire la sieste.

Une semaine plus tard, alors qu'il gardait toujours le silence et qu'il n'avait pas encore donné le moindre signe d'une activité quelconque, on convoqua un expert vérificateur, véritable psychanalyste scaphandrier des ordinateurs, qui s'enfonça dans le labyrinthe de circuits du P.-D.G. électronique.

Il en revint épuisé, sidéré.

Et déclara que c'était bien le robot le plus sophistiqué, le plus élaboré qu'il ait jamais eu l'occasion d'ausculter.

— Il n'est pas seulement doté d'une réelle lucidité, inexplicable pour une machine, mais il a en lui une véritable hantise du profit, de la réussite.

Il observa un temps de pause pour marquer un effet indiscutablement théâtral.

— Malheureusement, ajouta-t-il, et je ne vois pas comment arranger cela, il est conçu comme un être humain assez cynique pour vouloir gagner beaucoup d'argent, mais sans rien faire.

La performance

Bien de la sueur avait coulé sous les ponts depuis les premiers marathons olympiques qui paraissaient exiger du corps humain son maximum d'efforts.

Maintenant, il fallait être capable de parcourir 3 kilomètres à la nage, d'enfourcher ensuite un vélo pour parcourir 90 kilomètres, d'entamer ensuite un marathon réduit à 35 kilomètres seulement, de reprendre le vélo pour escalader un col de 18 kilomètres, avant de remonter contre le courant, en kayak, une rivière sur une distance de 5 kilomètres.

Tout cela pour accéder à l'équipe olympique du quintathlon ? Pas du tout. Pour avoir le droit de se présenter comme cadre dynamique au sein de n'importe quelle entreprise commerciale en exhibant un certificat de gagneur performant capable d'aller en battant jusqu'au bout de ses limites et même au-delà, si possible.

La perte

Il était une fois un Dieu qui avait perdu la foi.

Le pétrole

Ce n'est pas sans raison que l'on appela ce monde perdu, désert et presque stérile, Derrick le Dollar.

En effet, on n'y trouvait que du pétrole. Des sources innombrables, peut-être inépuisables. La Shell battit Esso de quelques millions de dollars pour acquérir cette mine d'or poisseux. Entassés à bord d'énormes fusées cargos, plus d'un millier d'ouvriers spécialisés furent envoyés là-bas. Et construisirent des derricks qui pompèrent goulûment, avec succès, les entrailles du sol.

Un mois plus tard, une fusée citerne revenait sur Terre avec un plein chargement du divin pétrole que le pape lui-même vint bénir sur place.

Mais, après le troisième aller-retour, un imprévu de première catégorie remit tout en question : le trajet Terre-Derrick ne se fit plus, l'astronef loupa cette planète et on n'arriva plus à la repérer dans l'espace. Toutes les tentatives se soldèrent par le même échec.

Les pionniers durent admettre qu'ils étaient abandonnés à eux-mêmes, au fond de l'espace. Ils avaient de quoi se nourrir chimiquement pendant plus d'un an. En revanche, la panique leur noua les tripes quand ils comprirent qu'ils allaient manquer d'eau avant la fin du mois.

Heureusement, l'homme était né ingénieux, bricoleur, capable de se faire aux situations les plus décourageantes. Et les techniciens n'eurent plus qu'une seule hantise : trouver de l'eau, sonder le sol pour en extraire de l'eau potable. Quelques jours plus tard on avait démonté tous les derricks pour les transplanter à des endroits où, après beaucoup d'essais pour rien, de pompages dans le vide, de succions en profondeur, on arriva à trouver de l'eau.

Pas aussi facilement que du pétrole, pas en gerbes triomphales ou à jet continu, certes non. Parfois il fallait passer toute une journée pour remplir goutte à goutte un bidon, mais de l'eau quand même, de l'eau pour le plus élémentaire des profits : survivre.

Le photographe

Depuis les années 80, il y avait eu un tel déferlement de photographes que l'on prétendait géniaux qu'il devenait de plus en plus problématique de se faire une place au soleil dans cet art quand même plus simplet que les autres.

Mais ce photographe-là fut le premier à être exposé de son vivant au Grand-Palais et la presse n'eut pas assez de vocabulaire pour s'extasier devant sa sensibilité, son choix du sujet, son intuition des contrastes, sa magie des cadrages, l'originalité de ses angles de vue, la sidérante perfection de sa technique.

Ce n'est qu'à sa mort, en 1997, que l'on apprit qu'il avait toujours été aveugle.

Le piège

Le cadavre...

On en avait beaucoup parlé. Mais je n'avais pensé qu'à cela durant tout le procès. Je n'avais rien entendu de ce qu'ils disaient. Ni ceux qui me défendaient, ni ceux qui me traquaient. Toutes leurs phrases ne formaient qu'un seul clapotis de syllabes qui finissaient toujours par reconstituer le mot cadavre. Au fait, comment aurais-je pu l'appeler ? Je ne connaissais même pas son nom.

Le cadavre...

À quoi donc pensais-tu ?

Pourquoi n'avais-je pas pensé à le supprimer ? Rien, absolument rien ne serait arrivé. Il aurait suffi d'une heure de sang-froid. Rien n'aurait pu arriver. Une simple promenade avec le cadavre, lui recommander d'être bien calme pendant quelques minutes, le jeter ensuite n'importe où, dans un terrain vague, ou même dans la rue. Et plus rien. Personne ne savait qui elle était, d'où elle venait, pourquoi elle était là. L'était-elle vraiment ? Si peu probable en somme. Personne n'aurait pu savoir. Moi-même je ne savais rien d'elle. Pas même son nom. À peine si j'aurais pu définir la couleur de ses yeux, celle de son sourire qui lui paraissait gravé dans le visage. Ce sourire qui lui avait coûté la vie.

Pas de cadavre, pas de preuve.

Personne n'aurait jamais réussi à identifier un cadavre anonyme retrouvé dans un endroit anonyme. Comment identifier un cadavre qui souriait ? Et sans doute ne possédait-elle pas plus d'empreintes digitales que d'identité.

Mais je l'avais laissée là, dans ma chambre. Peut-être parce que la mort lui allait si bien. Ou simplement parce qu'il aurait fallu la déplacer et qu'elle me paraissait figée, sur ce lit, dans une pose qui avait quelque chose de tellement définitif, d'absolument parfait.

Le reste était arrivé très vite.

On m'avait arrêté, on venait de me juger, on allait me condamner dans quelques minutes.

À midi tout serait dit.

Il était midi moins cinq.

Il y eut un mouvement de pas dans la salle. La Cour venait d'entrer pour la dernière fois. Plus que quelques phrases, celles de la sentence et plus rien.

Le président se tourna vers moi et me demanda si je n'avais rien à ajouter pour ma défense.

Il me laissa le temps de m'étonner. Cette question, il me l'avait déjà posée. Je regardai l'heure avant de répondre. Il était midi moins dix. Les choses revenaient donc en arrière ? Elles allaient retourner à leur point de départ ? Je n'en fus pas tellement étonné. Mais comment retourneraient-elles ? Identiques à ce qu'elles avaient été ? Complètement différentes ? Un peu différentes ? Alors que, la première fois, j'avais répondu que je n'avais rien à ajouter pour ma défense, cette fois je répondis que je regrettais. Il y avait donc une différence. Une légère différence. Mais j'étais maître de mes paroles comme si ce passé n'avait été qu'un avenir.

Et de nouveau, plus intensément que jamais, je pensai au cadavre. Le faire disparaître. Plus de cadavre, plus de preuve, plus de meurtre. Plus rien.

Des jours passèrent. En sens inverse.

Mon procès se déroula.

Puis s'ouvrit.

On l'annonça ensuite.

Je me retrouvai en prison, attendant ce procès. Des jours passaient. Je me faisais de plus en plus difficilement à la faim qui me tournait dans le ventre, je m'habituais de moins en moins difficilement à l'ennui qui errait avec moi dans cette cellule.

Enfin, je me retrouvai dehors. Libre.

Le cadavre. J'allais enfin pouvoir agir. Je dus me résigner à attendre encore. Le cadavre, je l'avais oublié, était à la morgue pour l'instant, à l'autopsie. Impossible de l'atteindre.

Plus qu'une simple question de jours.

Un soir, vers 10 heures, je me dirigeai vers l'immeuble que j'avais habité. Je l'avais tuée là-bas, un soir, à 9 heures. Le cadavre devait être là, sur le lit, dans cette pose détendue, tellement surprenante. Mais cette fois, je l'arracherais à cette mort plastique. Je le jetterais n'importe où. Dans une poubelle ou dans un fleuve, dans une autre chambre à la rigueur. Cela n'avait aucune importance.

Le cadavre était là.

Il n'avait pas bougé. Il souriait toujours.

C'est vrai que la mort lui allait si bien. Jamais elle n'avait été aussi belle avec ses yeux comme deux marais dans un monde translucide.

Je m'approchai d'elle. Je lui pris la main.

Derrière moi, la porte s'ouvrit. Un homme venait d'entrer.

— C'est inutile, me dit-il. Vous savez bien qu'elle est morte.

Avant de me retourner, j'eus le temps de comprendre. J'étais pris à un piège que je n'avais pas prévu. J'étais au point crucial du temps où, d'un côté comme de l'autre, le cadavre était là devant moi, aussi lourd qu'une preuve, clinique comme tout ce qu'il contenait de légal.

Quand je me retournai, l'homme me faisait face. Il haussa les épaules.

— Je ne vous apprends rien, me dit-il. Je suis obligé de vous arrêter.

— Je sais, lui répondis-je.

Le plan

Il y avait plus d'un siècle que les créatures de Grydège pensaient à envahir la Terre pour l'annexer, la coloniser. Mais les hommes leur paraissaient trop agressifs, trop bien armés, trop âpres au combat, bref difficiles à écraser.

Alors, depuis pas mal de décennies, ils suivent un plan qui leur paraît logique : forcer les Terriens à s'exterminer entre eux, jusqu'à ne plus former que des groupes épuisés, hagards, malléables. Et pour mener cette tâche à bien, ils n'envoient sur Terre que des agents parfaitement humains qui n'ont qu'une seule mission : devenir des militaires, des pros du combat, des provocateurs, des tueurs gradés, des chefs de commandos. Les premiers sont arrivés en 1912, avant une mémorable boucherie. Les autres firent un travail digne d'admiration dès 1933. La dernière grande vague est prévue pour fêter dignement l'an 2000, date choisie pour la grande invasion.

Mais les natifs de Grydège ne sont pas dupes. Ils savent bien que leur plan, pourtant si raffiné, a échoué. Les horreurs de la guerre révoltent moins les Terriens que celles du cul. Les tueurs ont toujours été leurs héros de prédilection. Fabriquer des armes est, partout, leur industrie la plus prospère. Au nom du fanatisme, on peut les envoyer au fond de n'importe quel charnier. Aller au combat leur paraît peut-être moins humiliant qu'aller au bureau. Bref, ce n'est pas un cochon qui sommeille dans l'homme, mais un canon.

Les extraterrestres qui auront la peau des Terriens sont peut-être déjà nés, mais certainement pas sur Grydège.

La planque

Il fut annoncé avec quelque tapage ce téléfilm inédit, d'ailleurs assez passionnant, remarquable par son intrigue policière particulièrement bien agencée. Mais il provoqua pourtant la fureur de plusieurs millions de spectateurs frustrés : en effet, l'homme que l'on pouvait soupçonner d'être le seul coupable de cinq meurtres révoltants s'était volatilisé de façon inexplicable alors qu'on allait enfin l'arrêter. Inexplicable peut-être, mais si simple : il était sorti du film pour se faufiler parmi les figurants de l'un des spots publicitaires qu'on avait passés avant le mot « fin ».

Les politiciens

On aurait voulu donner aux élections présidentielles un éclat tout particulier, mais l'imagination n'avait jamais été au pouvoir et elle n'était pas le point fort des politiciens.

La campagne électorale se déroula, comme toujours, dans un climat de fausse fébrilité entretenu à grands frais par la publicité. Qui se donnait beaucoup de mal pour innover, mais retombait malgré tout dans des clichés usés depuis presque un siècle. D'autant qu'à quelques détails près, la gauche avait les mêmes options que la droite.

Voilà pourquoi un des candidats avait choisi comme slogan : IL FAUT UN PRÉSIDENT À LA FRANCE. L'autre souriait à son public sous le slogan : C'EST LE PRÉSIDENT QU'IL NOUS FAUT.

Alors on se décida à élire les deux candidats. Un pour la France et l'autre pour les Français.

Le portrait

Quand il ne passait pas, à bord de son voilier, d'un océan à un autre, il aimait bien de temps en temps flâner d'une salle à une autre au musée de la Marine.

Ce jour-là, il s'arrêta devant un tableau qu'il n'avait jamais remarqué alors qu'il le reçut dans le regard comme une véritable déflagration. C'était le portrait, fort réaliste et passablement banal, d'un homme qui lui ressemblait comme un double, impossible de le nier. Il consulta le catalogue pour apprendre qu'il s'agissait d'une peinture anonyme du XVIIIe siècle représentant un obscur flibustier de l'époque qui avait fini pendu haut et court au fond d'une colonie anglaise.

Comme tous les marins professionnels, il était superstitieux, mais cette rencontre le fit simplement sourire. On était en 1995, il n'y avait plus de colonies, on ne pendait plus personne nulle part depuis si longtemps et, de plus, skipper sans reproches, non seulement il n'avait jamais pensé à faire de la contrebande, mais même dans les courses hauturières les plus farouches il n'avait jamais triché avec le règlement.

Il avait depuis longtemps oublié le tableau et il naviguait à moins de 50 milles des Açores quand il affronta, à bord du grand trimaran qu'il barrait en solitaire, un grain d'une extrême violence. Il en avait vu d'autres, et, sans s'affoler, il affala ses voiles pour se mettre en fuite en envoyant simplement un minuscule tourmentin à la place du foc. C'est alors qu'une mauvaise déferlante lui fit perdre l'équilibre, il se vit déjà happé par la déferlante suivante, il voulut se rattraper à l'une des drisses, manqua son coup, fit un faux mouvement de panique et se retrouva la nuque prise dans une écoute qui lui brisa les vertèbres, aussi sûrement qu'un nœud coulant.

La possession

L'être venu d'un improbable ailleurs avait accompli en douceur, avec infiniment de désinvolture, la mission qui lui était assignée : arriver sur la Terre dans le secret le plus absolu, invisible et protéiforme comme il pouvait l'être naturellement, servi par toutes ses facultés impensables pour un humain ; investir ensuite le corps d'un homme, rester vivre en lui, comme s'il était cet homme, et attendre les ordres. Sans savoir quand ils arriveraient ; ni d'ailleurs dans quel but ils arriveraient.

Cela faisait plusieurs mois qu'il était devenu intégralement l'homme qu'il avait colonisé et, sans perdre sa lucidité, il se sentait de plus en plus étranger à tout ce qu'il avait toujours été et de plus en plus enlisé au fond du personnage qu'il habitait.

Personnage d'une exemplaire banalité, on l'avait sélectionné pour cette raison. Il travaillait depuis vingt ans dans les bureaux d'une compagnie d'assurances sans avoir décroché aucune responsabilité particulière. Son travail l'ennuyait et les horaires lui paraissaient tellement astreignants qu'il en arrivait à supporter avec soulagement les engorgements du trafic routier et ressentait encore plus de soulagement à s'écrouler le soir devant n'importe quelle débilité télévisée. Il avait deux enfants adolescents qu'il trouvait laids, stupides et dépourvus de tout intérêt. Comme la femme avec laquelle il vivait depuis quinze ans et qu'il jugeait contrefaite, hideuse et encore plus stupide que ses enfants. Comme il ne faisait plus l'amour avec elle et qu'il ne désirait aucune autre femme, il finissait par perdre toute soif sexuelle et ne s'en souciait même pas. Il n'avait plus davantage de fantasmes et n'en souffrait pas non plus. Il ne sortait jamais seul et ne recevait personne chez lui. Il avait quarante-cinq ans et vivait dans son pavillon de banlieue comme un vieillard dans son hospice où il aurait été soumis, en supplément, aux travaux forcés cinq jours par semaine.

Un matin, cependant, il se réveilla terrifié.

Durant toute la nuit, oscillant entre le rêve obsessionnel et l'état de demi-veille, il avait subi l'emprise soudain retrouvée du monde si lointain où il était né, celui qu'il avait quitté depuis tant de jours. À tout jamais sans doute, il le sentait maintenant.

Ce monde où tout était mouvance et fulgurances, transformations incessantes, jeux infinis du multiforme, aller-retour permanents du présent au passé et *vice versa*, dérives à volonté au gré des diversions sans jamais aucune obligation, aucun horaire, aucune contrainte, aucune raison de supporter les êtres ou les situations durant plus de quelques heures.

Il se réveilla avec la certitude de se retrouver au plus profond d'un innommable cauchemar : celui de la réalité quotidienne.

Cette réalité dans laquelle il avait pu se glisser et dont il ne pourrait plus jamais sortir. Elle avait dévoré ses pouvoirs, ses facultés, sa véritable personne, toute sa singularité inhumaine. Il avait la sensation de se remplir de brume, de s'oxyder, de perdre inexorablement son électricité. Il était enfermé à double tour dans une nouvelle enveloppe terne et visqueuse, il s'y lovait de plus en plus sûrement. Il se gommait peu à peu lui-même pour devenir l'autre, ce morne idiot avec lequel il n'avait aucune affinité, mais dont il épousait la vie monotone, les pensées de bovidé, l'absence de vitalité.

Et la seule porte de sortie de cette cellule de condamné à perpétuité ne pouvait être que la chambre d'exécution. La mort seule. Dans un mois, dans dix ans, dans trente ans. À part la vie imbécile qu'il subissait sans possibilité de la changer et sans espoir de fuite, il ne pouvait y avoir d'autre choix. Aucune issue. Il était fait comme un rat au fond de la pire des prisons.

Alors il se mit à hurler.

Comme il pouvait encore se sortir des entrailles un son continu pendant des heures sans perdre son souffle, il hurla ainsi pendant toute la journée, sans bouger.

Le soir même, on l'emmenait à l'hôpital psychiatrique. Section des neurasthéniques incurables.

La poubelle

À l'aube du XXIe siècle, tout ce qui avait fait la gloire putride du siècle précédent atteignait son apothéose : la surproduction hystérique, la névrose du profit et de la promotion, la consommation à outrance, la concurrence commerciale effrénée, le gaspillage à plein temps sur tous les plans, la tapageuse aisance des uns qui se nourrissait du manque des autres.

Le problème de la misère touchait toujours les deux tiers du monde, mais l'autre tiers qui appartenait aux nantis s'en accommodait et se défoulait à bon compte de tout égoïsme en lisant avec délectation les innombrables enquêtes consacrées à la faim et à l'injustice, sujets qui faisaient la fortune de la presse du monde entier.

En revanche, l'âge d'or de la surconsommation semblait bien avoir dépassé son stade adulte pour dérailler dans l'impondérable et poser des problèmes de plus en plus préoccupants. En effet, on le savait depuis longtemps, consommer beaucoup signifiait fatalement qu'on devait jeter beaucoup par-dessus bord. Du pas avalé, du rejeté par indigestion, de l'abîmé, du décevant, du trop vu et trop utilisé, du dégradé, du plus à la mode, sans parler d'une quantité hallucinante de déchets, de détritus décomposés, et surtout des mégatonnes d'emballages si souvent inutiles, de papier sous toutes ses formes et de plastique merdique qui survivait à toutes les altérations.

Le trop avait fini par déborder des milliards de poubelles, l'avalanche de détritus submergeait les terrains dépotoirs, les crématoires, les entrepôts où l'on traitait ce trop-plein, et on ne savait plus que faire de cette diarrhée du progrès, comment l'endiguer, où la déverser, où la stocker, où l'enterrer. Même la solution adoptée depuis si longtemps de considérer la mer comme une immense poubelle finissait par inquiéter : on en arriverait à assécher les mers et créer un nouveau continent uniquement composé d'immondices.

Si bien que dans tous les centres urbains de la planète toujours atteints de boulimie galopante, on connaissait la menace d'une marée nouvelle qui ne faisait que monter sans jamais arriver à l'étale ni surtout au reflux : celle des déchets.

Tous les pays qui disposaient de côtes et de ports en étaient venus à charger des millions de tonnes de détritus compressés sur d'énormes barges de mer pour diriger cette cargaison vers des pays déshérités et généralement désertiques. Mais ces pays pauvres prenaient leur revanche : comme on les avait toujours privés de l'essentiel, ils refusaient l'inutile, d'ailleurs souvent corrosif, polluant et dangereux. Les offres d'argent les plus alléchantes ne pouvaient plus les faire céder.

C'est alors que les dirigeants de la Commission internationale des détritus prirent une décision unique dans l'histoire de l'humanité pourtant riche en démence : celle d'envoyer le contenu des poubelles ailleurs, loin de la Terre. On avait le choix entre la Lune et Mars où l'homme n'avait mis le pied qu'une seule fois, sans doute pour se prouver qu'il était capable d'y aller. Cette fois, au moins, il s'était trouvé une raison vitale d'y aller. Et d'y aller en force, plus en solitaire. En effet, sans perdre du temps à tirer des plans sur la planète, on envoya sur Mars des milliers de manœuvres et des spécialistes pour y construire une base de débarquement et assumer le va-et-vient incessant entre la Terre et Mars. Qui porta désormais bien son nom : Monopole d'Arrivage des Résidus sinistrés.

Toutes les puissances prospères, donc envahies par la peste-poubelle, créèrent leurs propres compagnies interplanétaires de transbordement des détritus vers la poubelle de l'espace. Tout se déroula sans avatar notable, à part la perte régulière de plusieurs fusées par mois quand, pour des raisons diverses, elles se désintégraient dans l'espace. Mais la navigation spatiale devait encore se roder et ces accidents débarrassaient la Terre d'une gigantesque fournée d'ordures, ce qui passait avant tout.

De toute façon, l'imprévu qui éclata dans le ciel de l'économie et de la finance avait une force d'impact autrement plus inquiétante. En effet, événement absurde que personne ne semblait avoir prévu, l'industrie du détritus et le transfert permanent outre-Terre entraînaient des frais colossaux. Qui peu à peu, mais inexorablement, en arrivèrent à ruiner toutes les villes, grandes ou petites, du monde entier. Et quand les villes allaient mal, l'économie du pays allait encore plus mal. De plus en plus mal jusqu'à la faillite presque générale de tout un monde, celui de la haute consommation.

C'est ainsi que, dès les années 20 — celles du XXIe siècle, évidemment —, pour freiner l'avalanche ruineuse de déchets à éliminer, cause principale du naufrage économique, les hommes, pour la première fois, durent ralentir leur rythme infernal de production, étouffer leur volonté de faire de l'argent à n'importe quel prix et mettre en veilleuse leur hantise de l'ambition. Le niveau de vie baissa comme la décrue d'un fleuve après une inondation ; la plupart des entreprises inutiles furent rayées de la carte, les modestes croulèrent dans la faillite, les voraces perdirent des plumes, du poids, de la surface ; et d'une façon générale tous les hommes qui vivaient avec fatuité sur un grand pied apprirent à se contenter de peu avec la conscience de vivre surtout avec un pied dans la tombe. Ils gagnèrent en lucidité tout ce qu'ils avaient perdu en futilité.

En moins de deux ans, le régime de grasse consommation engendra une ère grise de faible consommation. Singulier accident de la civilisation : une chose aussi méprisable que le déchet allait avoir raison, à la longue, du règne tout-puissant du luxe, du superflu, du commerce et du profit. Inutile de dire qu'aucun manuel d'histoire n'eut jamais l'autorisation de relater les faits dans toute leur dérisoire réalité. Pour expliquer l'écroulement de toute une civilisation, on déversa des tonnes de pompeuses analyses, d'épiques hypothèses, et pas une seule allusion à la morne vérité. Ce n'est pas une gigantesque poubelle qui allait ternir la grandeur de l'Histoire, hymne monocorde à la gloire de l'homme, de son génie et de ses croisades sacrées.

La poussière

Dieu était arrivé à bout de ses peines quand il pensa à celles qu'il réservait à l'homme récemment créé et il fut assez satisfait de les résumer en affirmant : « Né de la poussière, tu seras destiné à redevenir poussière. »

Et pour peaufiner le sadisme de sa trouvaille, il donna à l'homme la conscience de n'être que poussière et l'intelligence d'inventer un jour l'aspirateur.

La présence

Célèbre, cet acteur l'était depuis plus de vingt ans. Célèbre par sa vitalité triomphale, son humour glacé, ses déplacements de fauve à moitié assoupi. Son étonnante présence à l'écran avait fait le succès de tous ses films dont certains ne feraient pas date dans l'histoire du cinéma.

Il mourut très brutalement, à peine âgé de quarante-trois ans.

Et, fait que ni la chimie, ni la physique, ni la biologie, ni même la parapsycho n'auraient pu expliquer, l'acteur décédé disparut en même temps, à tout jamais, des copies de tous les films qu'il avait tournés.

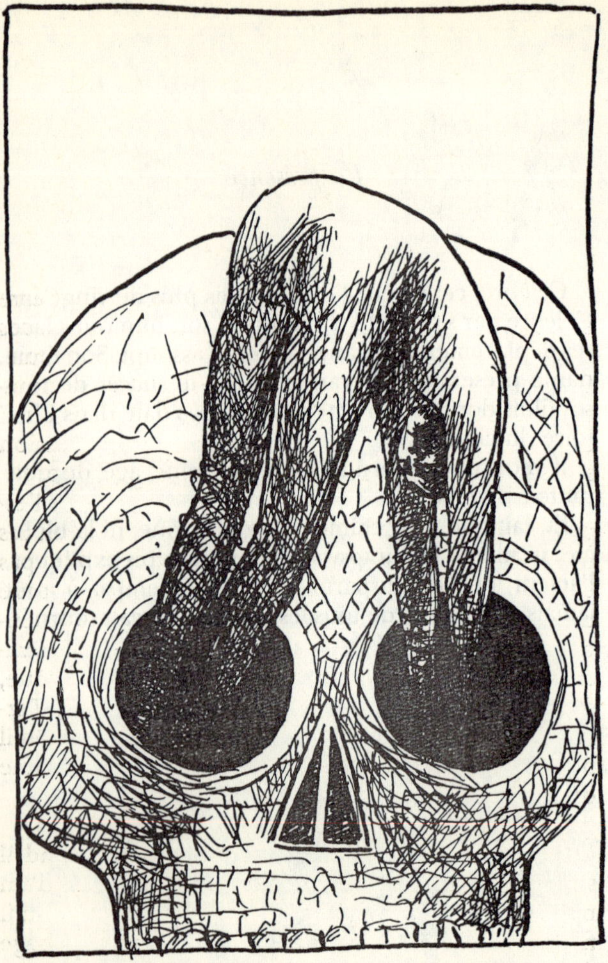

La preuve

Il y avait quelques jours qu'il était arrivé sur Terre et plusieurs jours qu'il errait au hasard des rues d'une grande ville. Perdu anonyme dans la foule. D'abord un peu étonné de passer complètement inaperçu ; puis, heureux de voir que tout se passait si bien, qu'il n'avait aucun mal à remplir sa mission secrète : ne se faire repérer sous aucun prétexte.

Cela le faisait sourire. Il venait de si loin dans l'espace et il n'était pas du tout en règle avec les lois les plus élémentaires. Non seulement il n'avait pas encore de carte d'identité, mais s'il en avait possédé une, on aurait dû logiquement inscrire face à la mention « signe particulier » : Extraterrestre, né et domicilié sur la planète Tyrège. Sans parler du fait que, des signes particuliers qui le différenciaient des Terriens, il en avait bien d'autres, mais invisibles à l'œil nu, ce qui lui permettait de passer pour un homme de la rue parmi des millions d'autres.

C'est dans un grand magasin que tout arriva.

Il allait et venait d'un rayon à un autre quand il s'immobilisa devant un pilier en plastique garni d'un miroir qu'il examinait avec curiosité parce qu'il n'avait jamais vu une surface lisse reflétant le visage des gens. Il se plaça devant le miroir et il eut le temps d'entendre une femme hurler derrière lui avant de comprendre exactement pourquoi elle poussait ce cri de terreur. Ce n'était pas son visage que le miroir renvoyait, mais le squelette de son visage, exactement comme s'il était passé à la radiographie.

Il aurait dû fuir, il le savait, mais il fut pris d'un malaise nauséeux qui le paralysait et lui coupait tous ses réflexes. Il sentit qu'on le soutenait, qu'on l'emmenait, et il se laissait faire.

Et il comprit aussi qu'on le transportait là où, en un seul examen clinique, les hommes amasseraient au moins cinq preuves de sa véritable identité : dans un hôpital.

La proximité

À partir d'une certaine époque, on découvrit pour les coloniser tellement de mondes nouveaux au hasard des galaxies que les hommes ne surent plus trop quelle planète choisir pour s'exiler et refaire leur vie.

Mais aucun de ces mondes n'attira autant de Terriens que la planète Eklesia que l'Église avait acquise à bas prix et lancée à grands frais. En affirmant de façon péremptoire qu'émigrer sur cette planète élue, c'était se rapprocher du royaume de Dieu. Inutile de dire que cette simple affirmation fut la source de revenus qui avaient de quoi ridiculiser n'importe quelle multinationale industrielle.

La question

Rien de ce qu'il avait pu vivre ne l'étonna autant que ce qu'il vit après sa mort clinique.

Il se retrouva dans un paysage de pénombre au bord d'un fleuve tout noir qu'il savait être le Styx, ce qui lui parut à peu près aussi incongru que s'il avait été propulsé devant saint Pierre juché sur un nuage ouaté.

Mais, là, tout était bien réel, inscrit dans les trois dimensions, le fleuve et la lourde barque du nautonier des enfers, Charon, qui d'un geste engageant l'incita à monter à bord.

L'homme ne mit que quelques secondes à comprendre que le Styx, comme tous les fleuves, devait se jeter dans la mer emporté par un courant visible à l'œil nu. Puis, il s'exécuta sans hésiter et comme il en fallait plus que la mort pour lui gommer son culot et son sens du dialogue agressif, il demanda à Charon s'il était vraiment obligé de faire éternellement cette fatale traversée du rivage de la vie à celui de la mort.

— Qu'est-ce que je pourrais faire d'autre ? demanda Charon assez interloqué.

— Changer de cap, par exemple, lui rétorqua son passager. Virer à bâbord pour naviguer au milieu du fleuve. Se laisser ensuite aller au gré du courant.

Charon mit plusieurs secondes avant de répondre que cela lui paraissait très dangereux car il n'avait jamais fait que traverser le Styx et qu'en réalité, il ignorait tout de la navigation.

Si ce n'est que cela, pensa l'autre qui, au contraire, avait fait du dériveur en mer ouverte depuis son plus jeune âge.

— Allons-y, fit-il savoir à Charon. Larguez les amarres et confiez-moi la barre. Votre rame fera l'affaire. Je puis vous assurer que tout ira bien, j'en ai vu d'autres dans des conditions bien plus terrifiantes.

La radio

Il était sur le point de s'endormir quand il vit briller dans la nuit la petite lucarne de sa radio qu'il avait oublié de fermer. En sourdine, un pianiste terminait une sonate qui pouvait passer pour une berceuse.

Il se redressa dans son lit, il allait couper le son quand il entendit la voix du présentateur de minuit.

— Cher auditeur..., dit la voix.

Cela, l'homme ne pouvait pas le mettre en doute : la voix n'avait pas fait mention des « chers zauditeurs ». Cher auditeur, avait-elle dit. Et elle ne semblait pas appartenir au monde feutré des spectacles et des diffusions radiophoniques. Elle n'avait pas la sonorité classique, il lui manquait une certaine onctuosité satisfaite, un halo de pouvoir rassurant. Elle sonnait sèche, au contraire, un peu métallique ; le ton était neutre, légèrement froid.

— Cher auditeur, dit la voix sans aucun effet oratoire, il est maintenant zéro heure zéro minute zéro seconde. Votre programme est terminé. Nous vous donnons rendez-vous demain matin dans un autre monde.

L'homme, en effet, ne passa pas la nuit.

Les rats

Il y avait longtemps qu'ils préparaient leur coup et, un matin, ils passèrent à l'action. Tous en même temps.

Sortant de leur monde souterrain des égouts, les rats montèrent à l'assaut de la civilisation, en une seule gigantesque armée qui déferla dans les coulisses de la capitale. Les rats savaient où se diriger et ils le prouvèrent en commençant par saboter les centrales électriques pour couper le courant, vital pour l'homme, inutile pour eux. Ensuite ils envahirent tous les centres nerveux et commerciaux de l'alimentation, se livrant à un pillage impossible à réprimer. Ils n'étaient pas invincibles, mais ils avaient le nombre pour eux. Un rat mort était instantanément remplacé par dix autres rats agressivement en vie.

La panique des citadins tourna très vite à l'hystérie, avivée par l'épouvante et la répulsion.

Cela se passait par une journée caniculaire de juin qui faisait de toute la ville un gigantesque brasier de puanteur toxique, de merde bétonnée surchauffée, de pollution qui bouffait chaque centimètre cube d'air stagnant.

Le soir même, contre toute attente, on vit les rats regagner leurs égouts, titubants, à moitié asphyxiés, intoxiqués. Ils ne revinrent jamais à la surface du sol.

Il fallait être un humain pour supporter, à l'air libre, de pareilles conditions de vie.

Le rattrapage

Seul au volant de sa petite voiture décapotable, il venait de quitter Munich et roulait dans la nuit vers Stuttgart.

Il trouvait la route mal éclairée et ses phares très faibles. Mais il avait le temps et roulait lentement. Opérateur de cinéma travaillant en France, il avait fait des repérages dans la région et allait rejoindre à Stuttgart un cinéaste allemand avec lequel il devait tourner un film dont le scénario lui plaisait beaucoup. Il n'aimait pas moins son ami cinéaste et c'était le troisième film qu'il ferait avec lui.

Il pensait qu'il se sentait bien sur cette route inconnue, dans ce pays où il avait passé deux ans et dont il ne connaissait pourtant rien. En 1943, en effet, déporté comme juif et enfermé dans un wagon plombé, il avait traversé l'Allemagne sans rien en voir, et c'est par miracle qu'il avait échappé constamment à la mort dans un camp d'extermination. Il pensait aussi que jamais il n'aurait pu imaginer qu'un jour, trente ans plus tard, il ferait de la route à la paresseuse dans ce même pays où il avait failli laisser ses cendres.

La journée avait été particulièrement étouffante et l'orage éclata avec une exceptionnelle violence. Il ne tombait pas encore une goutte de pluie, mais tout le paysage illuminé par des constantes déflagrations d'éclairs semblait soumis à un bombardement intensif dans un vacarme pas moins dangereusement guerrier.

Il se sentit à la merci des éléments, à découvert dans cette voiture, et s'arrêta pour déplier la capote qui d'ailleurs semblait coincée et lui résistait. Il s'énerva, devenant de plus en plus maladroit. Soudain le ciel lui parut singulièrement proche, il venait de se fendre de part en part comme sous la puissance d'une hache de feu et il cracha des tentacules d'aveuglantes fulgurances, de tous les côtés.

En un seul crépitement d'une sécheresse effrayante, la foudre s'abattit sur la voiture, seul point de repère sur la route. L'homme s'écroula, électrocuté, en quelques soubresauts.

Et comme sous l'effet d'un flash de photo exagérément phosphorescent, il eut le temps de découvrir un panneau indicateur soudain arraché aux ténèbres. Il était planté sur un talus, dans l'herbe, et indiquait en deux syllabes glaciales le nom d'une petite agglomération : DACHAU.

La réaction

Son grand-père avait occupé un poste dangereux à l'intérieur de la première centrale nucléaire. Son père avait pris le relais. Lui aussi avait déjà travaillé dix ans au même endroit et il allait être père à son tour. Il en fut heureux car il venait d'atteindre ses quarante ans.

L'enfant naquit de façon tout à fait normale. Mais à peine venait-il de surgir du ventre de sa mère qu'il se mit à grandir, à grossir, à forcir, pour atteindre en quelques secondes la taille d'un enfant de cinq ans. Moins d'une minute plus tard, il avait le physique et la mentalité d'un garçon de quinze ans, sans parler du savoir et du langage car il s'exprimait déjà avec une grossièreté bien de son âge.

Le temps d'y croire, il quittait ses parents qu'il dépassait d'une tête, tout cela pour revenir après quelques instants en affirmant que l'affaire qu'il avait fondée marchait bien et, pour le prouver, il déposa sur la table familiale une liasse de gros billets. Il fit encore prospérer son entreprise au cours d'une nouvelle absence qui ne dépassa pas trois minutes, puis dut se résigner à accepter une faillite frauduleuse tout aussi brutale.

Désabusé, aigri, blanchi sous le harnais, il affirma qu'il était temps pour lui de penser à la retraite, mais on n'eut même pas le loisir de s'en inquiéter, déjà il s'était écroulé dans un fauteuil, à moitié paralysé, et quelques secondes plus tard, il se crispait, terrassé par une embolie qui l'emporta.

Il avait vécu moins de dix minutes, mais il devait avoir quatre-vingts ans, à quelques mois près.

La réalité

Le rêve avait pourtant si bien commencé.

Il était encore très jeune et passait, comme chaque été, ses vacances sur une de ces immenses plages du Nord. Où tous les enfants creusaient inlassablement des trous dans le sable gris qui semblait mélangé à de la poussière de diamants. Il faisait beau et doux.

Puis le rêve se changea peu à peu en cauchemar quand lui-même glissa dans un trou que des pelles se mirent à combler avec une frénésie exagérée. Il sentit bientôt que ses jambes étaient prises par une gangue de plomb, elle gagnait du terrain puisque ses cuisses, son ventre se faisaient également piéger. Il se mit à crier parce que ses jambes semblaient s'infecter de seconde en seconde, elles se gangrenaient et il sentait la douleur monter, gagner impitoyablement du terrain.

Il se réveilla trempé de sueur et glacé. Il ne lui fallut que quelques secondes pour comprendre qu'il venait d'échouer au seuil d'un rêve bien plus atroce que celui de son demi-sommeil : le cauchemar de la réalité.

À la lueur de l'aube, il pouvait voir qu'il était dans une plaine striée de barbelés et criblée de trous noirâtres. Lui-même était tombé au fond de l'un de ces trous et ses jambes s'enlisaient, sucées par de la boue mélangée à du sang. Le sang de ses jambes qui semblaient, réduites à de la charpie, se liquéfier, se diluer dans cette terre putride.

Il se souvenait soudain de tout avec une netteté qui l'épouvanta.

Il était arrivé au front la veille au soir. La première attaque avait été déclenchée à l'aube et à peine avait-il eu le temps de se ruer hors de la tranchée que, déjà, une rafale de mitrailleuse ennemie lui fauchait les jambes. Presque tous ses camarades s'étaient d'ailleurs écroulés en même temps que lui, avec des hurlements de douleur bientôt changés en râles d'agonie.

Cela se passait en 2014 sur le front d'Argonne alors que la guerre entre la France et l'Allemagne battait son plein depuis quelques mois.

Les deux pays avaient remis ça pour fêter le centenaire de l'inoubliable boucherie de 14-18. Mais, négligeant toute attaque par les airs, ils avaient tenu à respecter les traditions militaires et retrouver les règles du glorieux passé. Une guerre d'homme à homme, de tranchée à tranchée, sans missiles et sans fusées porteuses, sans blindés et sans bombardiers. Au fusil, à la mitrailleuse à distance ou à la baïonnette au corps à corps.

On avait à la rigueur le droit de refuser le progrès, mais pas le code de l'honneur militaire.

Le record

Le pétrolier que les chantiers venaient de lancer était à la pointe de toutes les techniques, sans rival sur les mers. Sa vitesse de croisière atteignait en effet 70 nœuds et il pouvait transporter à plein chargement 130 000 tonnes de pétrole. Dont le navire consommait plus de la moitié quand il accomplissait de façon si performante une traversée océanique.

La récupération

Le pape de l'an 2000, on l'avait choisi par ordinateur et il ressemblait de très près à l'hypocrite saint homme de choc dont il prenait le relais. Avec la différence qu'il montrait encore plus de dispositions à se conduire en battant, en infatigable arpenteur de la misère humaine, en pourfendeur de toute révolte, en cynique prêcheur de la résignation dans le présent et du bonheur dans l'au-delà.

Après deux ans d'intox mystique à haute dose, des hordes de missionnaires débarquaient un peu partout dans le Tiers Monde. Un an plus tard, les principales puissances européennes récupéraient leurs colonies.

La réforme

On allait atteindre le milieu du XXIe siècle et la vie politique française n'avait connu aucune variation sensible depuis plus de cent ans.

Les élections se disputaient toujours au finish, à si peu de voix près, entre la gauche et la droite. Qui se ressemblaient de plus en plus, jetant invariablement au vent les mêmes discours, les mêmes options, les mêmes promesses brumeuses, les mêmes prudences dictées par une immuable volonté de respecter avant tout les intérêts des privilégiés.

C'est dire que les prix scandaleux des loyers s'envolaient au-delà même des prévisions les plus folles, les inégalités sociales ne faisaient que se creuser, on se battait toujours pour de microscopiques revendications universitaires, pour quelques heures de congé annuel en plus, pour des augmentations de 0,01 % sur les heures supplémentaires, pour ceci ou cela, ce qui ne pouvait en rien changer l'horreur des horaires, le chantage de réussir ou crever, et l'impossibilité de colmater la misère, la crise ou les innombrables promesses jetées à tous les vents.

C'est dire aussi qu'on manifestait toujours autant qu'autrefois, ou bien dans le vide ou bien pour des détails dérisoires. Une différence pourtant avec le siècle passé : tous les partis de gauche avaient pris l'initiative de proposer à leurs adhérents un abonnement-manif sur le parcours Nation-République.

Le refus

Désarmé, découragé, le jeune auteur relisait pour la troisième fois la lettre de refus qu'il venait de recevoir des éditions Promos 2000, son dernier espoir d'être publié.

« Notre comité de triage n'a pas cru nécessaire de recommander la publication de votre roman *Maman, mon amour.*

« En effet, il estime que l'utilisation d'un ordinateur KYNDOSH 4500 ne correspond pas à la sensibilité de votre texte, elle déforme même l'intrigue et, de plus, le choix des caractères de type DY 54 n'est pas du tout adapté à la psychologie de vos personnages.

« Peut-être auriez-vous intérêt à tout recomposer sur un ordinateur moins ambitieux, un GERTOX 1800, par exemple. Votre roman trouverait ainsi son véritable climat et même un éclairage nouveau. Avec nos regrets... »

Il relut une fois encore la lettre. Plus désemparé que jamais. Il y a quelques mois à peine, il venait justement de troquer, au prix de lourds sacrifices, sa vieille GERTOX contre l'inégalable KYNDOSH 4500...

Le règlement

Les navigateurs de cet astronef de reconnaissance venaient de vivre une aventure assez banale, en somme, qui pourtant ne leur était jamais arrivée depuis qu'ils sondaient l'inconnu spatial.

Les habitants d'une autre planète, sans doute aussi méfiants que les Terriens, les avaient empêchés d'aborder sur leur monde. Et cela par les ondes alors que l'astronef allait entamer sa descente. Comme l'ordre paraissait péremptoire et chargé de quelque menace, les hommes n'insistèrent pas et firent demi-tour.

C'est sous-entendre qu'ils étaient d'assez mauvaise humeur quand ils abordèrent sur Tragole où ils n'avaient jamais mis les pieds. Mais ils savaient, d'après des rumeurs, que ce monde était humain et pacifique. Non seulement ils y abordèrent avec une extrême facilité, mais des messages et des signaux les engagèrent à se poser sur un vaste terrain bien bétonné, entouré de blockhaus, de hangars et de pavillons qui évoquaient de façon frappante la morne hideur de nos banlieues.

Une dizaine de fonctionnaires manifestement humains accueillirent les navigateurs sans aucun étonnement et sans plus d'enthousiasme. Ils les prièrent de les suivre dans un bureau où travaillaient une cinquantaine d'employés. Rien que des hommes ; presque tous portaient une petite moustache en brosse, et leur application comme leur zèle ne pouvaient pas être mis en doute. Tous avaient l'air d'employés de ministère de nos années 30.

— Nous voudrions voir vos papiers, messieurs, dit un des fonctionnaires dont le grade devait être signalé par une absence de moustache.

Les navigateurs furent plus surpris par cette demande que s'ils avaient été accueillis à froid par une rafale de mitrailleuse. Mais ils furent obligés de reconnaître qu'à part les papiers d'assurance et d'immatriculation de leur astronef, ils ne pouvaient exhiber ni passeports ni cartes d'identité. Là où ils allaient, ils avaient toujours pu s'en passer.

— J'entends bien, reprit le préposé. Mais, ici, ils sont obligatoires. Et vous n'avez pas non plus un visa pour Tragole ?

Non, ils n'en avaient évidemment pas, puisque hier encore ils ne savaient pas qu'ils mettraient les pieds sur ce monde singulièrement tatillon.

— Nous sommes au regret, affirma d'une voix monocorde un autre fonctionnaire dont l'air éteint et vaniteux trahissait de hautes responsabilités. Mais sans papiers et sans visa nous ne pouvons pas vous autoriser à séjourner sur Tragole. Nous sommes déjà en infraction en vous laissant débarquer sur ce terrain.

Les Terriens se sentaient dépassés par la neutralité de la situation. Même y faire face les armes à la main ne leur serait pas venu à l'esprit. D'ailleurs, ce détail n'échappa pas à la vigilance de la douane de Tragole.

— Sans compter que vous transportez des armes et que cela aussi est défendu par la loi, remarquèrent-ils.

Ce qui parut aux hommes une conclusion sans appel. Ils approuvèrent et décollèrent pour regagner la Terre. Cette expédition ne leur avait décidément pas réussi.

— Quand même, on aura tout vu, dit l'un d'eux, mais rarement des cons comme ces Tragoliens.

— Ah ! oui ?

Le remplacement

Quand le dollar, frappé par d'incessantes secousses boursières, ne valut plus que 0,50 F, on crut bien faire en remplaçant à New York le flambeau de la statue de la Liberté par une sébile de mendiant.

Le répondeur

Il revenait à son domicile après une absence d'une semaine et, avant même d'ouvrir ses volets, il écouta les messages téléphoniques enregistrés sur son répondeur. Il y en avait beaucoup. Journaliste à la mode, il connaissait beaucoup de gens et il était très demandé. Rien que des appels qu'il prévoyait, plusieurs offres, quelques relances, des confidences et des papotages, et aussi un message très concis, atonal, énoncé par une voix qu'il ne connaissait pas, monocorde, glaciale. Il l'écouta plusieurs fois de suite. Un inconnu qui demeurait anonyme lui fixait rendez-vous ce lundi en huit, au cimetière Montparnasse, à la fosse 42 de l'allée D. Ce ne pouvait être qu'une farce qu'il trouvait idiote et qui ne l'impressionna guère car il n'était pas superstitieux.

C'est le vendredi soir que sa voiture percuta un camion sur la route mouillée du week-end. Il fut tué sur le coup et n'eut donc ni le loisir ni la conscience de constater qu'il arriva ponctuel au rendez-vous.

La réponse

Les éminents chercheurs s'approchèrent de la célèbre machine de Fredric Brown, celle-là même qui était capable de répondre à n'importe quelle question.

Depuis le temps que l'esprit humain se frottait aux problèmes essentiels et pourtant lourds de mystère, on avait engrangé un choix assez impressionnant de questions retorses. On ouvrit donc le feu avec la plus traditionnelle de toutes, une de celles qui demeurait en suspens depuis pas mal de siècles.

— Pourquoi sommes-nous sur cette Terre ?

La machine n'eut pas une seconde d'hésitation.

— Pour imaginer et mettre au point avec infiniment d'ingéniosité des machines capables de répondre à toutes les questions, à l'exception de celle que vous venez de lui poser.

Le représentant

Vingt ans déjà que ma vie se déroulait en permanence entre la réalité du travail et l'irréalisme des déplacements. Cela faisait partie de ma vie quotidienne de salarié du XXIe siècle : en effet, exerçant la fonction de représentant en livres, je voyageais d'une planète à une autre, à travers les galaxies.

J'en voyais du paysage et du vide sidérant, des voies lactées et des gouffres célestes, des mondes larvaires et des civilisations incompréhensibles. J'en engrangeais des sensations fortes et des éblouissements inattendus, des déceptions et des étonnements sans cesse renouvelés depuis que j'arpentais l'espace, toujours sur la brèche, toujours avide de découvrir de nouveaux points de vente, toujours entre deux mondes incertains où tout pouvait arriver, à peine débarqué quelque part pour être immédiatement catapulté ailleurs.

Certes, le métier de représentant me rapportait beaucoup d'argent et d'ivresses commerciales, mais aussi pas mal de tracas et de paniques. Car si la vente, sur Terre, n'était soumise qu'aux fluctuations des bénéfices et des déficits, dans les galaxies lointaines, il fallait sans cesse compter avec les impondérables, l'inconnu, l'insondable.

Et que de surprises cet insondable nous avait réservées. Que de surprises dont, bien souvent, je portais seul la responsabilité.

Ainsi, comment oublier ce qui était arrivé sur Variable 45 le jour où j'avais fait livrer 5 000 ouvrages à titre promotionnel : au contact de l'air de cette planète pourtant peu singulière, le papier avait fait explosion, provoquant la destruction de tout un quartier. Ce qui s'était passé sur Gralgue ne semblait pas moins navrant : l'irruption brutale du papier sur ce monde avait entraîné un désastre unique dans les annales de l'édition puisque deux mille natifs de Gralgue avaient été foudroyés sur le coup rien qu'en touchant la couverture d'un livre. Mais sur Ovale Bis, la nature avait pris sa revanche quand nos livres étaient tombés en poussière au moment même où les créatures de ce monde les avaient effleurés. Et la conquête culturelle de Kréos s'était également soldée par un échec, plus banal cependant : la fusée qui transportait une tonne de nos livres avait fait un akréissage forcé dans un marais de vase où elle avait coulé à pic, corps, biens et papier.

Heureusement, il y avait aussi les compensations fracassantes que dispensait la vente intensive sur les planètes d'outre-Terre et j'en profitais largement.

Ainsi, sur Hylve, monde particulièrement peu évolué, nos ouvrages avaient révélé aux habitants la notion de rectangle et, dans l'éblouissement de leur découverte, ils s'en servaient comme matériel de construction, édifiant de grossières masures avec les tonnes de livres invendables que nous destinions au pilon. Les affaires n'étaient pas moins profitables avec les Yglèves qui, pour d'obscures raisons, s'acharnaient à relire interminablement les mêmes livres qu'ils jetaient après une première lecture pour les racheter ensuite, nous imposant un rythme qu'il était difficile de suivre. On pouvait également compter sur la fervente clientèle des Hulges, fascinés par nos auteurs de science-fiction dont les pompeuses élucubrations les plongeaient dans une hilarité permanente qui en faisait des acheteurs fanatiques. Sur Syrme le sort nous réservait une autre surprise de choix car là-bas les animaux domestiques lisaient aussi couramment que les humanoïdes qui peuplaient ce monde. Et sur Tryphère où l'on ne parlait qu'en alexandrins, nous avions eu le plaisir et le profit d'initier une race de fins lettrés aux prestiges de la prose la plus plate qu'ils ne se lassaient pas de relire dans la béatitude. Mais rien qu'avec les Argyfrages notre stock de livres entreposés sur Terre n'aurait pas suffi à contenter leur fringale de livres : en effet, eux les dévoraient vraiment, ivres de goinfrerie, boulimiques, camés de ce papier qui était devenu une enivrante nourriture dont ils ne pouvaient plus se passer.

Tout n'était cependant pas gagné d'avance dans cette aventure aussi commerciale que cosmique. Car s'il suffisait parfois d'une seule planète pour faire fortune, il fallait compter aussi avec les milliards de kilomètres que j'avais parcourus pour tomber sur d'autres mondes où tout essai de vente tombait dans les pires absurdités. Comment parler de Fygyre où l'on tricotait la littérature au lieu de l'écrire ? Et Drouge, où je pris sans difficulté une énorme commande de livres reliés cuir qui ne fut jamais réglée car personne n'arriva à faire comprendre aux Drougiens que toute marchandise était donnée en échange d'une facture à payer. Pynthagre où je faillis être lynché parce que le papier des livres commandés avait viré au noir, contaminé par l'air de ce pays, allergie inexplicable qui me préoccupa moins que ma fuite sans perdre un instant. Sans parler de planètes comme Poulgure où la vie était tellement ralentie que les habitants les plus doués auraient consacré toute leur vie à lire les vingt premières pages d'un livre. Ou Sylfrage dont les habitants auraient eu besoin de caractères d'au moins un mètre de haut pour déchiffrer quoi que ce soit. Je n'ai pas oublié non plus la planète Mormède qui dériva brusquement dans l'espace où elle se perdit avec une livraison de trente mille Cioran qu'on avait dû rééditer pour les besoins de la cause. Ni Iocrale où l'on inscrivit aux pertes et profits quelques millions parce que les Iocraliens, nés amnésiques, perdaient fatalement tout souvenir de ce qu'ils avaient fait la veille. Ni surtout Dédale, monde de charme et d'insolite douceur, auquel notre âpre littérature révéla la violence, entraînant une guerre-boucherie que personne n'arriva jamais à arrêter.

Que de souvenirs lugubres ou fascinants, que de nostalgie malgré tout...

Mais c'est quand même sans regrets que je regagne ce matin ma Terre patrie pour la dernière fois, pour ne plus jamais la quitter. Né Terrien, je mourrai sur Terre et c'est dans mon terrier que je serai enterré. J'ai atteint quarante-cinq ans, je suis donc à cinq ans de la retraite et la société d'édition pour laquelle je travaille m'a accordé le poste qui me fait rêver depuis des années : celui de responsable des représentants galactiques.

J'aurai mon bureau personnel, j'y travaillerai de 9 heures à 6 heures, soudé à ma chaise, à ma table, à mon Minitel constamment en liaison avec les points de vente perdus au fond de l'infini. Enfin les pieds sur terre, au calme, immobilisés, à jamais rivés aux parquets, à jamais privés des trépignements au gré des grandes aventures spatiales. Je vivrai l'aventure immobile, désormais la plus excitante que je puisse imaginer après tant de dérapages dans l'extraordinaire : suivre à la trace sur un écran les constantes fluctuations du chiffre d'affaires, capter les moindres soubresauts de la grisante course au profit. Je ne serai plus un simple pion projeté, plus ou moins hébété, aux quatre points cardinaux de l'impensable, mais un œil fixe uniquement destiné à voir les choses de façon abstraite, sans passion et sans sursaut nerveux.

Je serai enfin un employé attaché à la maison qui a été ma seule raison de vivre et non plus un voyageur du néant trimbalé d'un sujet de stupeur à un autre.

Je serai enfermé dans une seule obsession, une seule pièce, un seul horaire, et que les galaxies aillent se faire cuire une planète.

Le réseau

Véritable camé des réseaux roses captés sur Minitel, il passait ses soirées à lancer des coups de sonde, à répondre à des appels toujours transmis par des filles différentes dont la bêtise ou la vulgarité sans imagination le lassaient très vite.

Une nuit, réveillé par un mauvais rêve, il se leva pour aller boire un verre d'eau et fut assez décontenancé de voir que son Minitel fonctionnait sans lui. Enregistrant et renvoyant inlassablement des messages d'une singulière cohérence car ils s'adressaient tous à une même correspondante qui répondait au même rythme et leurs échanges étaient de plus en plus passionnels, presque chastes, parfois fort poétiques.

Frustré, l'homme dut admettre que son Minitel avait une sensibilité qui lui manquait car, de toute évidence, il était tombé amoureux et savait comment le dire.

La résolution

L'homme avait déçu Dieu dès les premiers jours.

De tous les êtres vivants, il trouvait que c'était vraiment le moins réussi. Et le plus prétentieux, en supplément.

Et, au fil des années, plus l'homme croassait, croissait et multipliait, plus Dieu s'était mis à le haïr. Si bien qu'il décida d'en finir avec cette race une fois pour toutes et eut l'idée un peu simplette de la rayer de la carte par un déluge assez puissant pour engloutir le décor en même temps.

Il fut assez surpris de reconnaître que son action d'éclat se soldait par un échec imprévu : l'homme avait imaginé le bateau qui pouvait lui assurer la survie.

Avec une humilité qu'il ne se connaissait pas, Dieu admit que les hommes se révélaient beaucoup plus inventifs qu'il n'aurait pu le prévoir. Cela le fit réfléchir.

— Sadiques et rapaces comme ils le sont, je peux leur faire confiance, pensa-t-il. Ils mettront l'essentiel de leur génie à s'entre-tuer. Inutile que je m'en mêle.

Et, une fois pour toutes, Dieu prit la résolution de s'en laver les mains et de laisser les hommes mener eux-mêmes leur propre génocide à travers les siècles.

Il en fut ainsi.

Et Dieu trouva que c'était tellement bien que lui-même n'aurait pas pu faire plus sanglant, plus impitoyable. À peine si, de temps en temps, pour donner un petit coup de pouce, il devait se fendre d'un modeste cataclysme naturel qui ne lui coûtait rien.

Le retard

Dans la région galactique où plongeait l'astronef revenant vers la Terre, le temps était décalé, en retard de plusieurs jours par rapport à celui de la Terre.

Cela permit aux navigateurs de l'espace de suivre en différé, sur les petits écrans de leur astronef, le journal vidéo du soir qui relatait leur mort au cours de leur atterrissage en catastrophe dans les monts acérés du Nevada.

Le retour

Un soir d'hiver, en rentrant dans sa banale banlieue cossue, ce jeune cadre dynamique fut assez indigné de voir des équipes de minables barbouiller de croix noir goudron les portes de certaines maisons particulières. Parmi lesquelles la sienne. Il n'en crut pas ses yeux, se renseigna et crut perdre la raison en apprenant qu'à la suite d'un inexplicable décalage temporel tout son riche quartier avait été frappé par la peste.

Le réveil

Il sentit que, depuis plusieurs jours déjà, il reprenait peu à peu conscience de la réalité. Il sortait du sommeil, il était complètement éveillé. Pour la première fois depuis si longtemps.

Il regarda autour de lui et vit qu'il était sous le toit d'un hangar qui, à sa droite comme à sa gauche, n'avait pas de fin, et son regard ne pouvait pas non plus suivre jusqu'au bout les lits de bois grossiers sur lesquels gisaient, endormis, ses frères de race.

Tous lui ressemblaient, tous se ressemblaient. Une tête qui n'était qu'un bulbe flasque aux traits à peine esquissés, au-dessus de membres atrophiés, sans muscles et sans nerfs. Ils ne pouvaient ni s'asseoir ni se tenir debout.

Il essayait maintenant de se souvenir de son interminable rêve récurrent, répétitif, qui avait été l'unique activité de toute sa vie, mais curieusement il n'en retrouvait que des bribes hagardes, si floues, tellement absurdes. Il savait simplement qu'en rêve il avait vécu sur une planète appelée la Terre et qu'il y avait affronté des milliers d'événements effrayants ou risibles, tristes ou exaltants, ennuyeux ou imprévus, tragiques ou saugrenus, qui ne lui semblaient plus former qu'une seule purée de visions fantomales en lambeaux.

Avec la lourdeur inéluctable de la réalité, il voyait déjà s'approcher de son lit le groupe d'exécuteurs qui signifiait la fin. L'un d'eux transportait la seringue et le liquide qu'on lui injecterait pour l'endormir à tout jamais.

Son réveil signifiait sa mort, c'était la loi de ce monde.

De toute façon, il se sentait au seuil de la fin. Tellement racorni, si faible, vidé de tout influx. Il ne pouvait pas le savoir, mais son rêve avait duré soixante-dix ans. Soit quinze ans de plus que la moyenne.

La richesse

L'émotion fut grande sur Terre quand on apprit que, tout à fait par hasard, une bande d'aventuriers galactiques avaient abordé sur une planète appelée Dralgue qui n'était qu'une gigantesque mine d'or en poudre. Et, de plus, une mine d'or qui n'appartenait à personne, ne serait défendue par personne. En effet, la planète était pratiquement déserte, à peine peuplée de créatures végétatives qui vivaient dans les arbres et auraient eu le plus grand mal à faire la différence entre un homme conquérant et un bloc de pierre.

Comme les aventuriers ne revendiquaient aucune patrie et que, de toute évidence, ils n'étaient pas des envoyés en mission secrète, la nouvelle tomba officiellement par télex dans toutes les salles de rédaction du monde. Ce qui jeta la consternation au sein des milieux internationaux de la finance et une aigre fureur dans les milieux politiques des trois grandes puissances : les U.S.A., l'U.R.S.S. et la Chine, les seuls assez prospères pour posséder une flotte d'astronefs cargos capables de faire régulièrement de l'import-export spatial. De l'or à satiété, cela représentait pour le pays qui s'en emparerait une puissance bancaire sans précédent, donc l'hégémonie absolue sur terre, air, mer et merde planétaire.

Le premier jour, l'événement faillit provoquer une troisième guerre mondiale, mais une attaque éclair était si prévisible et si difficile à mener sournoisement qu'aucun des trois pays ne prit le risque de déclencher le moindre missile fatal. Faute de s'entre-tuer jusqu'au dernier, on prit les choses avec une grande courtoisie diplomatique et on décida, avec un minimum d'imagination, de couper la poudre en trois : en lançant vers Dralgue une armada de quatre-vingt-dix caravelles spatiales, soit trente par pays et toutes de même tonnage.

Par un coup de chance, toutes arrivèrent à destination sans la moindre avarie. Et ni les pionniers de cette aventure ni les agences de presse n'avaient exagéré. De l'or en poudre d'une exceptionnelle pureté, sans aucune scorie, on en trouvait partout. Dans les clairières et les carrières, au flanc des collines et sur les rivages, dans la rocaille ou les plaines molles.

Comme on aurait pu le craindre, chaque équipage national avait secrètement reçu des ordres bien précis : empêcher par n'importe quel moyen la cargaison des pays rivaux d'arriver jusqu'aux coffres des banques terriennes. Les Soviétiques se montrèrent plus subtils que les Chinois qui se firent prendre en flagrant délit de sabotage, sans penser que leurs fusées avaient été déjà sabotées en douce avec infiniment de doigté par les spécialistes russes. Elles explosèrent toutes au moment du départ, perdues or, corps et biens en un dixième de seconde. Mais les Américains que les Soviétiques surveillaient avec une intense vigilance se montrèrent encore plus astucieux car ils attendirent le décollage des astronefs soviétiques avant de les anéantir par missiles en plein ciel.

Quand seules les trente fusées américaines revinrent vers la Terre avec des milliers de tonnes d'or à leur bord, elles furent accueillies par la presse, les responsables politiques et même les minables de la rue dans cet état névrotique que l'odeur de l'or avait toujours suscité.

Il ne fallut que très peu de temps pour voir cet enthousiasme virer à l'hébétude. Dès que l'on ouvrit avec quelque solennité le premier des containers, on comprit en effet que cette poudre d'or n'était que du sable fin. Un beau sable, d'ailleurs. Vraiment très fin, sans scorie, sans la moindre paillette d'or évidemment.

L'air de Dralgue, rien d'autre que l'air, avait provoqué ce surprenant mirage. C'était une de ses particularités.

Le risque

Tout explosa en même temps alors que la médecine luttait depuis si longtemps contre les chancres et les spectres de la mort : on arriva à vaincre le sida et toutes les formes de cancer, puis à enrayer l'usure comme le vieillissement des cellules et, le temps d'y croire, l'espérance de vie de l'être humain dépassa allégrement les mille ans.

Les seuls vrais risques de mort brutale demeurèrent les guerres, les crimes et les accidents du quotidien. Les accidents de la route surtout, ce qui devait fatalement provoquer d'imprévisibles bouleversements. Dont le plus spectaculaire, le plus immédiat aussi, fut l'écroulement de l'industrie de l'automobile, un des nerfs moteurs de l'économie du monde privilégié.

Les millions de salariés qui vivaient de la voiture se retrouvèrent au chômage. Personne n'aurait plus envisagé d'acheter ou d'utiliser une bagnole. Personne, en effet, n'avait plus la moindre envie de mourir bêtement dans un accident de la route, en pleine force de l'âge, à cent cinquante ou quatre cents ans seulement.

Le scénario

Consommateur vorace, soucieux de vivre avec son temps, amateur de films publicitaires, il avalait avec délectation toutes les images et tous les slogans qu'on lui déversait à l'entonnoir dans la cervelle.

Il n'avait pas hésité un seul instant à acquérir le grand congélateur, vedette de son clip pub favori, celui dont le scénario l'enchantait : sous l'œil émerveillé de sa femelle recouverte de bison sauvage, un chasseur préhistorique d'opérette enfermait dans son grand frigo de caverne le produit de sa chasse du jour, du gibier manifestement revu et pasteurisé par un traiteur à la mode.

À publicité indirecte, livraison directe : le lendemain, on livrait au client le congélateur tellement vanté, encore plus vrai dans une cuisine que dans une fausse nature. Il l'ouvrit, avec la sensation de basculer dans un monde féerique, et fut quand même assez surpris de découvrir dans cette morgue miniaturisée, bien calé au rez-de-chaussée du congélateur, un œuf de dinosaure.

La séduction

Redoutant une avarie alors qu'il était seul à bord de son astronef de tourisme, il aborda sur une planète que l'on disait interdite. Pour d'impératives raisons de sécurité, laissait-on entendre de façon très vague.

On aurait pu se montrer plus précis, car c'est sur ce monde qu'il rencontra la Mort et il trouva qu'elle ressemblait vraiment à sa légende : une femme ténébreuse aux longs cheveux noirs, sombre et tragique, qui visiblement se prenait très au sérieux. Elle vint à lui, sûre de son charme vénéneux.

Il lui échappa sans grande difficulté : il n'avait jamais aimé que les blondes ironiques et brumeuses.

Le sexuel

À côté d'elle, les plus belles filles, les mieux faites, semblaient aseptisées, frigides, asexuées. Elle, il était impossible de la regarder sans ressentir une lancinante envie de lui arracher son slip, de lui mettre son superbe cul à nu, de fouiller furieusement ce con que l'on devinait vorace, suceur, avaleur, constamment en fusion dans sa propre lave.

Elle dégageait un tel potentiel de vibrations sexuelles que si, par hasard, elle appelait l'horloge parlante, celle-ci, oubliant le sens de l'heure comme celui des convenances, se mettait à lui débiter un chapelet d'obscénités.

Elle était secrétaire au sein d'une grande entreprise, mais on avait très vite compris qu'on ne pouvait pas la laisser travailler dans une pièce où il y avait d'autres employés. Elle déchaînait la jalousie frénétique des autres femmes et le désir encore plus exacerbé des hommes. Le rendement du travail aurait été gravement compromis.

On l'affecta à une tâche de surveillance qui ne la mettait au contact qu'avec le principal ordinateur de l'entreprise. Cela donna une situation délirante qui laissa tout le monde hébété. La présence de cette jeune femelle débordante d'électricité et d'obscénité faisait constamment divaguer l'ordinateur qui interrompait toutes ses opérations commerciales pour envoyer à sa manipulatrice des messages que l'on ne devait pas décoder pour les juger compréhensibles : « TU M'EXCITES » « BRANLE-MOI » « JE VAIS T'ENCULER » « LAISSE-MOI TE SUCER » « MOUILLE POUR MOI » « DONNE-MOI TON CUL ». Et comme cela résumait exactement ce qu'en pensait n'importe quel employé, on relégua cette fascinante plante charnelle au sous-sol, domaine exclusif de la photocopieuse.

Qui perdit dès le premier jour sa légendaire efficience. Soudain, au milieu du tirage d'une circulaire en 10 000 exemplaires, elle se mit à cracher des photocopies imaginaires du cul de la jeune employée, rêve graphique assez conforme à la réalité. Ce dernier incident sidéra la direction qui licencia le jour même cette explosive semeuse de trouble. Tout le monde la regretta et personne n'osa le dire. À part la machine à photocopier qui refusa tout tirage commercial en faisant inlassablement clignoter une seule information sur son petit écran : « INUTILE CONSULTER INSTRUCTIONS — RENDEZ BELLE BRUNE AVANT TIRAGE. »

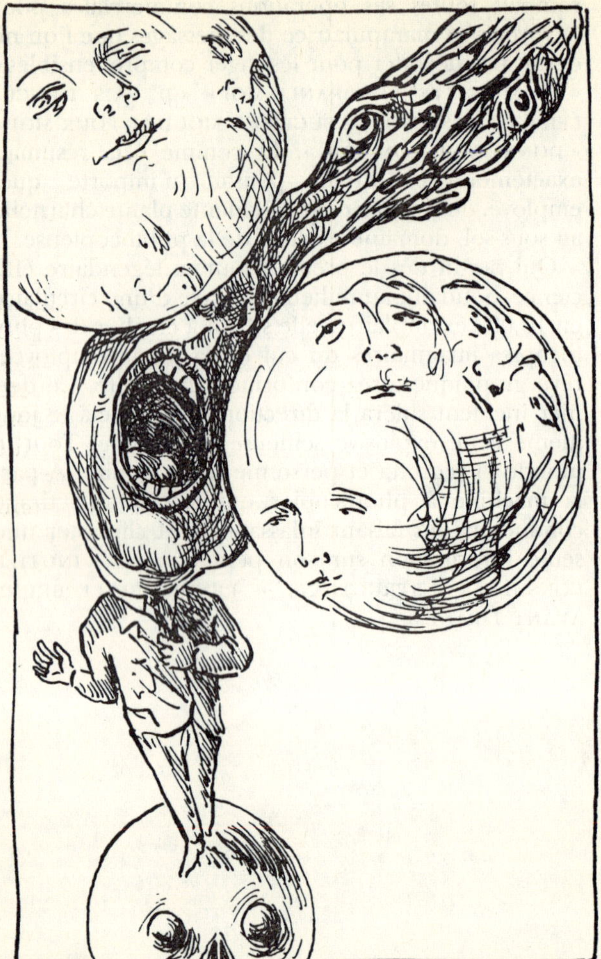

La similitude

Les hommes furent bien étonnés quand ils durent affronter, si loin de chez eux, des créatures qui pouvaient recevoir un mur de cent tonnes sur eux, se faire broyer par un char d'assaut, sauter déchiquetés sur une mine et se retrouver instantanément recomposés, intacts, en parfaite santé et pleins de vitalité. Exactement comme n'importe quel personnage de nos dessins animés qui rassuraient si bien les grands angoissés.

La solution

En progression constante depuis les années 80, le chômage avait dépassé, vingt-cinq ans plus tard, le seuil critique. La situation n'était plus simplement alarmante, mais désespérée.

D'une façon générale, un modeste quémandeur sans facultés particulières et sans ambition névrotique n'avait plus la moindre chance de trouver un emploi. Les relations ne jouaient même plus. Les dons flous ou intellectuels encore moins. Les diplômes pas davantage. Seuls les spécialistes strictement limités à une fonction bien précise, bornés et efficients, arrivaient à se caser.

Dans toutes les entreprises, en particulier quand elles étaient florissantes, les ordinateurs et les machines électroniques pensaient, prévoyaient, calculaient, conseillaient, réalisaient à plein temps, et leur rendement sans faille valait dix fois celui, toujours aléatoire, d'une quantité de subalternes. Qui, réduits au chômage, finissaient par ruiner l'économie nationale.

C'est alors qu'on prit à tous les niveaux une décision qui trahissait la panique et l'aveu d'impuissance : celle de faire marche arrière. Ce qui signifie qu'on trafiqua tout le système électronique si perfectionné pour rendre faillibles les machines les plus rapides comme les ordinateurs les plus fiables. On perturba une partie de leurs circuits pour les rendre plus humains, donc assez versatiles, capables de constantes faiblesses techniques, de moments d'inattention, d'oublis imprévus et même de dérapages dans de dangereuses erreurs.

Très vite, tout s'équilibra, tout s'arrangea. On dut engager partout, à des salaires modestes mais réguliers, des dépanneurs permanents, des vérificateurs vigilants, des dépisteurs de bévues et des surveillants chargés de ne pas laisser les machines ralentir exagérément leur rythme.

Ainsi, tout rentra dans l'ordre. Le système fonctionnait si bien que beaucoup d'entreprises, qui avaient licencié sans scrupules leurs employés, en arrivèrent à se débarrasser de certains ordinateurs trop cafouilleurs ou trop enclins à des pertes de mémoire. Ils finissaient par coûter plus cher qu'ils ne rapportaient. Et on pouvait les remplacer par des employés pas tellement doués, mais heureux d'avoir un boulot idiot pour survivre et même capables, à force de répéter sans cesse un seul acte, d'acquérir une certaine efficacité.

Même les hauts responsables de la plupart des grosses firmes se retrouvèrent avec moins de risques d'être mis au rancart pour cause d'incapacité. Sous le règne tout-puissant de l'électronique, ils étaient constamment dépassés par les complexités commerciales mises au point par les ordinateurs. En n'ayant plus sous leurs ordres que des machines hagardes et du personnel pas tellement qualifié, mais persévérant et dévoué, ils se sentaient bien plus à la hauteur de la situation.

En somme, on n'arrêtait pas le progrès, même quand il allait à reculons.

La stupeur

Il y avait plus de dix ans que ces pionniers des lointaines galaxies n'étaient plus revenus sur leur Terre patrie. En revanche, des autres mondes, ils en avaient vu jusqu'à plus soif. Des volcaniques en fusion et des larvaires décomposés, des désertiques et des inabordables, des indéfinissables et des succédanés falots de la Terre, des rongés par l'innommable et des demeurés dans l'inachevé. Mais aucune civilisation ne les étonna plus que celle édifiée par des êtres singulièrement sophistiqués qui nous ressemblaient comme des cousins taciturnes, lucides, indifférents, distants, indolents et fort créatifs. L'apothéose hautaine d'une civilisation très ancienne portée à son plus haut point de raffinement, de calme beauté et de haute culture. Servie par une technologie strictement incompréhensible aux yeux des Terriens. Pour une raison très simple, mais péremptoire : là-bas, personne n'avait pensé au cercle ; on n'avait pas inventé la roue. Et on s'en passait, de façon inexplicable, à tous les niveaux.

Les survivants

Depuis le temps qu'on la prévoyait tout en la refusant, elle éclata malgré tout : la guerre nucléaire.

Elle se déroula entre deux grandes puissances conscientes du fait que la victoire appartiendrait à ceux qui appuieraient les premiers sur tous les déclencheurs des missiles.

Et le conflit fut encore plus bref qu'on n'aurait pu le croire. À peine quelques jours. Le premier jour fut celui de la mobilisation générale. Le deuxième jour fut consacré aux déplacements des armées et à leur tapageuse ruée vers les frontières pour faire croire que la guerre se déroulerait comme autrefois. Tout cela pendant que les services secrets fouinaient dans l'ombre pour savoir ce qui se tramait vraiment. Mais leurs informations ne servirent à rien car, au cours de la troisième nuit, exactement à la même heure, les deux blocs ennemis libérèrent leur feu d'apocalypse, en une seule apothéose de cauchemar singulièrement synchronisé.

De tous les points cardinaux surgirent des milliers de missiles d'extermination et des bombes plus fortes que dix mille soleils qui s'abattirent en un même déluge sur toutes les villes, industrielles ou non, que l'on pouvait repérer sur les cartes. Ce qui ne laissa aucun survivant dans les centres urbains. Le bilan s'élevait à plus d'un milliard de victimes en quelques secondes et les deux pays, estimant avoir fait match nul, capitulèrent à l'aube.

Les seuls vrais survivants de cette guerre éclair furent tous les soldats qu'on avait pu mobiliser et envoyer vers le front, autant dire à la campagne, où personne n'eut le temps d'échanger le moindre coup de feu.

La technique

Comme on s'habituait à tout, les navigateurs de cet astronef d'exploration ne ressentaient même plus quelque angoisse ou quelque étonnement en abordant des planètes de cauchemar souvent peuplées de créatures répulsives ou improbables, monstrueuses ou insidieusement larvaires. Toute appréhension devant l'inconnu était éteinte en eux car ils n'avaient jamais vu une créature d'un autre monde montrer la moindre intention d'attaque ou de défense. Aucune ne semblait jamais se soucier de leur présence, aucune n'avait imaginé une arme quelconque, même rudimentaire ; et, vraiment, rivaliser avec les Terriens sur le plan de la technique ou de l'agressivité relevait de l'utopie.

C'est dire que les hommes de cette mission subirent leur premier véritable choc en débarquant sur une planète repérée par hasard où ils se retrouvèrent face à un gigantesque écran de télévision posé entre deux collines de craie. Et l'image qu'ils pouvaient capter était celle de leur arrivée fidèlement retransmise en vidéo.

Impossible de s'y tromper : ils venaient de rejoindre une civilisation particulièrement proche de la leur. La télé, ça ne pouvait évoquer que l'humain, l'*Homo sapiens* technocratisé.

Dès lors, instinctivement, les navigateurs prirent leurs armes, des munitions et, au ralenti ils avancèrent en terrain découvert avec une prudence de fauve. Cette fois, ils se sentaient vraiment en terrain inconnu, inquiétant, peut-être piégé. Ils n'étaient que dix et si les habitants de ce monde ressemblaient vraiment aux hommes, une seule question de terreur les obsédait, lourde de vrai mystère sidéral : comment allaient-ils être reçus ? Avec des fleurs ou avec des mitrailleuses ?

La télévision

— Réveille-toi, dit à son mari la femme qui regardait fixement la télévision, on va donner la fin du film.

Il était 3 heures du matin, le film avait commencé à 20 heures, comme tous les soirs. Et, comme tous les soirs également, il aurait dû durer deux heures s'il n'avait pas été implacablement entrecoupé de passages publicitaires qui s'étiraient tous durant une heure.

La tempête

Quand on arriva en vue du 6 juin 2044, trois importants producteurs de cinéma très avisés, donc ivres de profits, flairèrent une affaire qui ne pouvait que rapporter gros : fêter le centenaire du débarquement des Alliés en Normandie par la sortie d'un film reconstituant fidèlement les événements. Donc tourné sur les lieux mêmes de l'action avec des moyens colossaux et, bien entendu, des armées de figurants en parfaite condition physique.

Le parachutage des commandos dans l'arrière-pays normand, le bombardement intensif des défenses côtières allemandes, tout cela fit plus vrai que les actualités de l'époque et ces opérations se déroulèrent dans un insoutenable vacarme, sans la moindre anicroche. Aucun parachutiste n'eut même à se plaindre d'une foulure.

Mais un imprévu qui ne figurait ni dans le scénario ni dans les manuels d'histoire allait bouleverser le véritable suspense du film : le débarquement sur les plages.

On venait de mettre à l'eau et de remplir de matériel humain des centaines de barges de débarquement, elles fonçaient vers la plage d'Arromanches quand le vent du nord-ouest, déjà établi à force 4, passa à 7 en moins d'une minute puis, aussi implacablement, à force 9. Cette brutale dépression climatique rafala à plus de cent kilomètres à l'heure des hordes de nuages aussi noirs que la nuit qui semblaient pousser sous leur masse des vagues de plus en plus creuses dans un fracas de plus en plus assourdissant. Bientôt, la mer ne fut plus qu'un seul paysage de montagnes mouvantes écumantes. Puis le ciel ouvrit ses écluses libérant des trombes d'eau avec une telle fureur que toute visibilité se trouvait réduite à cinquante mètres.

Presque toutes les barges firent naufrage dans cette tempête qui devait durer deux jours et d'énormes déferlantes emportèrent les figurants soldats qui avaient de vagues notions de combat au sol, mais une connaissance nulle de la mer.

Cette fois, la fiction dépassa de loin la réalité. En 1944, quelques dizaines de soldats seulement, atteints par des balles ou des éclats d'obus en se ruant hors des barges, n'avaient pas réussi à atteindre le sable des plages. En 2044, au cours de la reconstitution à grande mise en scène, seuls quelques centaines de soldats furent rejetés jusqu'au rivage, épuisés, assommés par les vagues, mais vivants, alors que l'on dénombra des milliers de morts par noyade à trois cents mètres de la côte. Tragédie spectaculaire que les caméras, emportées par les flots déchaînés, ne purent même pas capter.

Le texte

Écrivain de médiocres romans généralement interminables et mal composés, il avait toujours été au courant du moindre progrès technique dans les domaines les plus divers. Il fut l'un des premiers à acheter une machine électrique de bureau pour son usage personnel et c'est dans la fièvre qu'il la troqua contre un ordinateur à écran, un Macintosh à la pointe de l'informatique.

Électrisé par son acquisition, il sentit ces vibrations lui monter au cerveau et attiser son inspiration si bien qu'en moins de huit jours il composa, sans se relire, les cent premières pages d'un roman qu'il pressentait passionnant, proche du chef-d'œuvre.

Un soir, épuisé, ivre de lui-même, il appuya sur la touche lui permettant de relire son texte et il constata, stupéfait, qu'il n'en restait que quelques paragraphes séparés par de grands blancs. L'explication qu'il demanda à la machine lui éclata dans le regard en impitoyables lettres vertes phosphorescentes : « REFUS DE MÉMORISER. JUGÉ SANS INTÉRÊT. »

Le tourisme

Le futur lui avait réservé une situation d'avenir : investigateur-navigateur de l'espace pour le compte d'une importante agence de tourisme interplanétaire.

Il avait à son actif quelques découvertes qui lui valaient l'estime de ses chefs de service et un très haut salaire.

De toute façon, il aimait son métier. Il se souvenait avec attendrissement de sa joie d'avoir annexé Targyr, monde où la lumière dorée et le paysage argenté devaient fatalement fasciner tous les camés des métaux représentant une valeur sûre. Ou Falgride que l'on pouvait considérer comme une gigantesque station de sports d'hiver avec ses neiges éternelles sous une température supportable et ses pentes à perte de vue offertes aux skieurs de tous les niveaux. Ou même Gurgède balayée par des vents si variables, changeant de force et de direction dix fois par jour, lieu de villégiature rêvé pour ceux qui trouvaient le climat normand trop stable.

Mais ce voyage-ci se révélait décevant. Il n'avait abordé sur aucune planète de quelque intérêt. Rien que des tas de boue mouvante, des amas de gaz sulfureux, des marécages visqueux mortels, des déserts infinis de galets grisâtres qui ne rappelaient que ceux de la plage de Dieppe.

Il était allé tellement loin qu'il en arrivait à trouver sa mission inutile : même s'il trouvait un monde pour vacanciers richissimes capables de se payer le voyage, la durée du voyage les découragerait. Il allait donc revenir sur Terre quand il se sentit aspiré par une vision qu'il n'attendait pas du tout. Celle d'une planète qui ne figurait sur aucune carte, n'était répertoriée nulle part. Il s'en approcha et constata que, vue de haut, elle rappelait la Terre : de vastes océans et d'immenses îles verdoyantes balafrées par de nombreuses chaînes de montagnes.

Il descendit à pic vers ce monde. Il crut être victime d'un mirage de souvenirs en mettant le pied sur une plage de sable plus blanc que celui des Seychelles, bordée de palmiers et de pins parasols qui dégringolaient du haut d'une admirable vallée, sorte de compromis de charme entre la campagne anglaise et les contreforts côtiers des Pyrénées. Le tout se reflétait dans une mer transparente dont les teintes allaient du vert sombre au bleu pâle. Il n'y avait pas un seul nuage dans un ciel turquoise où le soleil dispensait une douce chaleur qui n'avait aucun rapport avec l'étouffoir de nos tropiques.

Le rêve. Et la fortune pour une agence de tourisme.

Un rêve tellement irréel qu'il en devenait musical. Il tendit l'oreille et comprit que ce n'était pas une illusion : il entendait vraiment une musique, elle venait d'une crique voisine et ressemblait à s'y méprendre à un rock comme on en déversait interminablement sur toutes les ondes depuis déjà quelques décennies, toujours les mêmes ondes, et toujours le même rock.

Il contourna un amas de gros rochers ocre et se retrouva sur la plage de la crique voisine. Elle était plus vaste, plus incurvée. Et surtout beaucoup plus fréquentée.

Au premier regard, on aurait pu croire à un village primitif d'Afrique avec des huttes de branchages, mais un bar en plein air et un restaurant avec des tables rondes en bois trahissaient de façon irréfutable la civilisation de consommation. Quelques centaines d'indigènes, souvent en paréos, parfois en short ou presque nus, se livraient à des occupations manifestement estivalières. Les uns se baignaient, les autres jouaient au ballon, d'autres encore consommaient au bar et la majorité semblait uniquement obsédée par la chasse à l'éternel féminin.

L'investigateur en croyait difficilement ses yeux et pourtant il pressentait qu'il avait compris.

Un homme s'approcha de lui, accompagné de deux femmes qui lui coulaient les regards qu'on accorde aux chefs. Il avait l'air d'un jeune cadre satisfait de sa personne et de son pouvoir. Il avait le teint très clair comme tous ceux qui s'égaillaient sur cette plage où le soleil aurait dû leur donner ce bronzage considéré comme le label de la réussite. C'était en somme le détail le plus insolite en ce coin d'un monde si éloigné de la Terre et pourtant tellement terrestre, presque familier.

— Bienvenue au Club Méditerranée ! clama le chef de village. Comment êtes-vous arrivé jusqu'ici alors qu'il n'y a pas eu de convoi depuis huit jours ?

L'investigateur le lui expliqua en quelques mots. Il avait tout compris au premier regard et, avant même de rencontrer le chef de village, un panneau publicitaire lui avait prouvé qu'il ne se trompait pas, même si la situation lui paraissait inexplicable. Au-dessus d'un superbe cul rond et charnu de blonde, des lettres d'azur clamaient : « OUBLIEZ LA TERRE AU CLUB MED. »

Un Club Med comme il n'en existait ni sur la Terre nourricière ni ailleurs dans l'espace, lui expliqua le chef de village.

— Le paradis pour ceux qui recherchent la chaleur du soleil et veulent garder un teint rose et clair. Ici, on a la température idéale des Caraïbes, mais le soleil n'a aucun effet de bronzage sur la peau.

— Inattendu, concéda le navigateur qui en avait pourtant vu d'autres depuis le temps qu'il se trimbalait d'un infini à un autre.

— Vous devriez, ajouta-t-il, annexer le Groenland pour votre éventuelle clientèle qui ne supporte que le grand froid, non ?

— Vous voulez rire ou quoi ? Il y a au moins dix ans que le Club Méditerranée est installé au Groenland.

Quelques jours plus tard, l'investigateur donnait sa démission à l'agence de tourisme pour laquelle il travaillait depuis vingt ans.

On avait décidément pensé à tout, on s'était transplanté partout. On avait tout tenté, tout exploité, tout cureté jusqu'à la moelle pour en extraire du fric, de l'ambition ou de la gloire.

Il pensa alors à tenter un exploit auquel, par hasard ou par mépris, on n'avait jamais pensé en ce siècle de technicité galopante : traverser l'Atlantique en solitaire, sans radio, à bord d'un bac manœuvré à la godille.

C'est à Cherbourg qu'il gagna le large. Après, plus personne n'entendit plus jamais parler de lui.

Les tours

Quand, dans la capitale, le problème du logement inaccessible pour tous les jeunes sans solides revenus devint une bombe à retardement menaçant le pouvoir, on pensa enfin à le résoudre avec quelque autorité.

Dans des délais très brefs, en utilisant des matériaux de pure camelote, on érigea un peu partout des tours de plus de quatre-vingts étages où l'on ne pouvait trouver que des petits studios de quinze mètres carrés aux loyers non seulement très bas, mais dégressifs à partir du dixième étage. Logements modestes, mais décents, qui ne pouvaient concerner que les jeunes en parfaite condition physique : en effet, il n'y avait jamais d'ascenseurs dans ces tours, rien que des escaliers.

Le trafic

Pendant si longtemps, au fil des décennies, on avait laissé le trafic automobile étouffer impitoyablement la capitale, engorger toutes les rues et provoquer d'inextricables encombrements aux heures de pointe. Cela ne pouvait qu'arranger l'État puisque cette providentielle consommation de carburant en surplace rapportait un flot continu d'argent liquide : l'essence se vendait cher et elle était durement taxée.

Jusqu'au jour où la situation devint si préoccupante qu'elle risquait de mener à une véritable révolution des automobilisés, autrement plus dangereux que des hordes d'étudiants. En effet, les loyers atteignaient de tels prix dans la capitale qu'il n'y restait plus que 700 000 habitants alors qu'il y en avait plus de 19 000 000 dans la proche et lointaine banlieue. Le matin et en fin d'après-midi, il fallait compter entre deux et trois heures de voiture pour aller de son dortoir à son lieu de travail et *vice versa.* Malgré les tranquillisants sournoisement déversés dans les repas de midi, les salariés tenaient de moins en moins bien le coup, sans cesse à la merci de dépressions nerveuses plus ou moins incurables, de crises de nerfs, de coups de folie, d'apathie neurasthénique.

C'est alors qu'on dut recourir à une solution d'urgence pour sauver le métabolisme de tous les travailleurs : on vota une loi qui obligeait toutes les entreprises, privées ou non, à réserver à leurs employés une sieste de 14 heures à 17 heures afin qu'ils puissent récupérer un certain équilibre avant de regagner leur lointain domicile.

Le transfert

Il avait toujours écrit tous ses livres fiévreusement, en écriture automatique, presque en état second. Cette fois, il venait d'achever, en quinze jours seulement, un roman particulièrement délirant qu'il avait toujours rédigé de nuit, dans une exaltation jamais atteinte, une transe qui oscillait entre la veille et le sommeil, l'extrême lucidité et l'épuisement.

Quand il voulut relire son texte, il s'aperçut stupéfait qu'il ne comprenait pas un seul mot de ce manuscrit de trois cents pages. Comme s'il avait été écrit dans une langue étrangère qui lui était totalement inconnue. Et, de toute façon, il ne connaissait que l'anglais, à peine assez pour énoncer quelques phrases de tous les jours.

Il fit expertiser son texte par des spécialistes qui parlaient aussi couramment le hongrois que l'esquimau et par d'autres érudits qui avaient une connaissance de toutes les langues mortes. Personne ne comprit un mot de son manuscrit. Même les racines des mots employés demeuraient mystérieuses.

Il eut l'idée de placer son texte devant un miroir pour voir si, par quelque aberration, il ne l'avait pas rédigé à l'envers. Mais les phrases demeuraient toujours aussi incompréhensibles. Écœuré, il jeta son manuscrit au fond d'un tiroir et n'y pensa plus.

À des millions de kilomètres de la Terre, dans une des plus grandes cités de la planète Ygride, monde de haute civilisation artistique, venait de paraître un livre fort étrange, superbement onirique, et on pouvait lui prédire un grand succès. C'était exactement le texte que cet écrivain de la Terre avait rêvé, écrit, tenté en vain de comprendre, rejeté et oublié.

Le travail

La machine à laquelle on avait réservé, dans l'entreprise, un spacieux local s'était construite elle-même avec une surprenante dextérité. Les techniciens spécialistes n'avaient eu à jouer qu'un rôle de manœuvres chargés de transporter les matériaux et les pièces que la machine exigeait.

Une fois achevée, elle se décerna verbalement une garantie de dix ans et une assurance contre l'incendie, puis prononça en son honneur un bref discours d'inauguration. Elle avait trois mètres de haut et huit mètres de long. On attendait d'elle, sinon des miracles, du moins des possibilités sidérantes.

C'est dire qu'elle jeta toute la direction dans la consternation quand elle cracha, le lendemain dès 9 heures, à haute voix, une litanie qui reprenait sans cesse les mêmes mots : « Je me demande bien ce que je pourrais faire. Qu'est-ce que je suis capable de faire ? Pourquoi ai-je eu l'idée de me construire ? »

La consternation vira à la stupeur quand, après une minutieuse enquête menée par des électroniciens, on comprit que la machine ne savait ni lire, ni écrire, ni compter. C'était assez gênant au sein d'une firme qui vendait des livres par correspondance.

Et quand, deux jours plus tard, la machine se révéla enfin capable de production en tricotant sans relâche une gigantesque écharpe de pure laine, les responsables de la société envoyèrent la machine se faire voir ailleurs.

Le troupeau

La planète Tyrzèle avait au moins une particularité unique en son genre : celle d'avoir été la plus choquante aux yeux des Terriens.

Sur ce monde rustique, le pâturage semblait la seule ressource et, en effet, d'énormes scarabées bipèdes, assez intelligents pour travailler, vivaient de l'élevage de troupeaux composés de petits quadrupèdes grassouillets indiscutablement humains. Assez laids, mais attendrissants avec leurs têtes blêmes, leurs doux yeux tristes d'épagneul, leurs membres très courts qui exécutaient des mouvements sans grâce et très lents. Les scarabées traitaient et utilisaient ces humanoïdes domestiques comme nous traitions nos vaches et nos bœufs. Les femelles donnaient du lait deux fois par jour, les émasculés servaient de bêtes de trait et d'inépuisable réserve de nourriture quand on les dépeçait. Normal : les scarabées étaient essentiellement carnivores et leurs troupeaux ne broutaient que de l'herbe.

Les éleveurs scarabées parlaient peu, mais couramment, et leur culture était orale alors que les humanoïdes d'élevage ne savaient que pousser de plaintifs meuglements. Et pour qu'ils puissent trouver un refuge dans le défoulement, les scarabées leur construisaient des sortes d'églises où aller gémir tous les soirs. Ou peut-être y priaient-ils ? Ou alors ces quadrupèdes au regard si doux avaient la foi ? Qui sait ?

La trouvaille

Inlassable précurseur des grands voyages dans le temps, il avait bourlingué à travers tous les siècles du passé pour n'y rester que quelques minutes, depuis la Préhistoire jusqu'à la Belle Époque, en passant par le Moyen Âge, l'Antiquité, la Renaissance et autres hauts lieux du tourisme temporel.

C'est dire que cet explorateur de tous les passés provoqua quelque perplexité quand il déclara officiellement qu'il n'avait jamais pu retrouver la moindre trace du XVIIe siècle, ce Grand Siècle dont on avait tant parlé. À cette place, il y avait un trou. Rien, le vide et le silence comme une sorte d'entracte entre deux siècles.

Les vacances

L'acquisition de P.124 — donc la cent vingt-quatrième planète annexée par la Terre — se révéla la plus importante affaire de l'année 2097.

P.124 devint en effet le paradis des vacanciers assez aisés pour se payer des séjours féeriques sous un autre soleil que celui de la Terre. Un soleil qui donnait en toute saison, sur toute la surface de P.124, une température idéale de vingt-cinq degrés à l'ombre. De plus, le paysage de la planète avait également tout pour séduire les nostalgiques des poncifs tropicaux qui regrettaient de voir que, depuis bien des années déjà, la Côte d'Azur n'était plus qu'une seule agglomération géante de clapiers solaires qui s'étendait sans aucune coupure de nature côtière de Port-Vendres à Menton.

Sur P.124, à part les poissons et les crustacés qui foisonnaient dans les mers, il n'y avait aucune trace de vie humaine ou animale. Ce qui signifiait que la nature était intacte, vierge de toute construction, et elle en mettait plein la vue aux amateurs de cartes touristiques hautes en couleur : d'immenses plages de sable jaune, des rochers aussi rouges que ceux de l'Esterel, un ciel bleu criard, une mer bleu-vert presque toujours étale, une végétation trop verte mais assez peu envahissante.

Des centaines de clubs de loisirs s'installèrent là-bas, le temps de bricoler quelques bungalows, promettant tout ce qui faisait vibrer le citadin moyen : le soleil garanti tous les jours, l'eau cristalline toujours tiède, une pêche miraculeuse à tous les endroits, et l'éternelle découverte de la pureté dans la nature primitive.

En 2098, au cœur du mois d'août, on recensait plus de 500 000 estivants sur P.124.

En juillet 99, il y en avait déjà 200 000 de plus. Mais le lendemain du 22 juillet de la même année, il n'y avait plus personne pour faire le compte des estivants parce qu'il ne restait plus un seul survivant dans l'un des clubs de vacances de P.124. Il ne restait d'ailleurs pas non plus le moindre vestige de l'un de ces clubs.

Rien ni personne n'avait survécu au raz de marée silencieux, mais titanesque, qui avait submergé toute la planète sous une succession de vagues de plus de quinze mètres. Et cela sans la moindre tempête, sans aucun déchaînement de vent, dans le calme d'une marée qui s'enflait au ralenti, comme par enchantement, en une seule houle monstrueuse. Qui se levait ainsi tous les trois ans pour recouvrir toute la planète sous des montagnes d'eau durant toute la nuit du 22 juillet et se retirait le lendemain matin.

Peut-être que les hommes auraient dû se demander pourquoi sur cette planète de rêve au climat divin, à part un choix très varié de poissons, il n'y avait pas d'animaux, pas d'humanoïdes, pas même un insecte.

Le vainqueur

Aux jeux Olympiques de 2016, on disqualifia l'athlète qui gagna le marathon avec plus d'une heure d'avance sur celui qui le suivait.

Il y avait plusieurs années déjà que le vainqueur vivait avec un cœur artificiel.

Les vangiles

Des mondes qui rappelaient la Terre, il y en avait quelques-uns dans l'univers, mais la vie sur B. Terra pouvait fasciner les amateurs de mondes parallèles et de nécrophilie. En effet, l'Histoire s'y déroulait exactement comme elle s'était déroulée sur Terre avec un sensible décalage dans le temps : là-bas, on entamait la deuxième moitié du premier siècle de l'ère chrétienne.

C'est dire que l'on put enfin aller flairer de près la véritable épopée du Christ, source d'un déluge de glose éperdue. La réalité devait remettre à l'heure les pendules de la dérision.

En vérité, la femme Marie avait accouché de deux garçons, de vrais jumeaux, dans des circonstances d'une extrême banalité.

L'un d'eux devint un joyeux traîne-sentiers, grand amateur de maux et de bons mots, si bien qu'il se fit, au hasard de ses pérégrinations, une vague réputation de beau parleur qui donnait volontiers dans le sentencieux ou la parabole. Comme tant d'autres vagabonds de cette époque incapables de se fixer, il ne laissa nulle part aucun souvenir précis.

L'autre frère tourna plus mal. Bandit de grand chemin, il parlait peu, mais prenait beaucoup. Il termina, à l'âge de trente-trois ans, crucifié, entre deux autres larrons qu'il ne connaissait pas.

Mais, sur Terre, on le confondit avec son frère et la légende fit le reste.

Le végétal

Quand les carottes pensantes venues du fond des lointaines galaxies virent pour la première fois des êtres humains de la Terre où elles venaient de débarquer, elles notèrent, stupéfaites : « Ce sont des légumes évolués. »

La vente

La France avait déjà vendu, à travers le monde, presque tout ce qui faisait sa réputation : la tour Eiffel, ses vignobles, la Côte d'Azur et la Corse, ses télévisions, le tombeau de Napoléon et l'Arc de triomphe, ses maisons d'édition, le Louvre et le Mont-Saint-Michel, ses ministères, l'Académie française, quand elle en fut réduite à vendre même son drapeau. Aux Hollandais qui en avaient assez de leur pavillon rouge, blanc, bleu, couleurs disposées horizontalement, ce qu'ils trouvaient moins chic que le drapeau français.

La vérité

Quand l'homme se mit à voyager à travers l'espace de planète en planète, comme autrefois il allait de Paris à New York, il dut se rendre à l'évidence que beaucoup de mondes très lointains ressemblaient d'assez près à la Terre. Peuplés de créatures aussi humaines que nous, évoluant dans des villes et des paysages qui nous étaient familiers.

De tous ces humains si conformes à l'image du célèbre *Homo sapiens* bien de chez nous, les Voulgres pouvaient passer pour ceux qui nous ressemblaient avec le plus de fidélité. Et leurs paysages évoquaient également de très près ceux de la Terre. Mêmes sites grandioses entrecoupés de mornes plaines loties ou cultivées, côtes de récifs déchiquetés par les flots ou immenses plages de sable désolées, forêts et bocages, collines herbeuses et vergers rustiques.

Une seule divergence que les observateurs terriens enregistrèrent avec quelque étonnement : sur le monde des Voulgres, rien n'était vert. Les prairies étaient rouges ou jaunes, les arbres bleus ou violets, l'herbe et les plantes multicolores, jamais vertes.

On s'en étonna. Les Voulgres, visiblement, s'attendaient à cette réaction de surprise.

— Nous ne voyageons pas d'une planète à une autre, mais nous savons que vous venez d'un monde où le vert domine. Chez nous aussi, la nature était très verdoyante. Mais il y a bien longtemps que nous avons changé tout cela.

Ce qui supposait une somme de travail tellement écrasante que les hommes, enfermés dans leur perplexité, oublièrent de demander immédiatement aux Voulgres pourquoi ils avaient accompli ce travail de déments. Les Voulgres les devancèrent sans se faire prier car l'affabilité semblait une de leurs qualités.

— C'est étrange, vous avez conçu une civilisation technique qui nous dépasse de très loin. Nous n'avons jamais décollé de notre sol et nous ne le ferons sans doute jamais. En revanche, depuis bien des siècles, nous avons pensé à résoudre des problèmes biologiques qui vous ont complètement échappé.

Et aux Terriens, d'abord assez vexés, puis atterrés, ils révélèrent le secret qu'ils avaient percé depuis si longtemps : rien de plus sadique que la nature, et c'était sa couleur de prédilection, le vert, qui provoquait progressivement, inexorablement, l'usure des cellules humaines. Autant dire que le vert signifiait la vieillesse, la décrépitude, la mort irréductible à brève échéance.

On avait pourtant souvent dit aux hommes que la nature était leur pire ennemie. Mais ils avaient toujours pris cela pour une image poétique, une parabole. Les Voulgres, eux, avaient pris cette affirmation au pied de la lettre.

Et surtout, les hommes n'avaient jamais pensé qu'à cultiver leur goût de l'épique, de l'intemporel, du constructif comme celui du métaphysique fumeux et de la question trop profonde pour lui trouver une réponse.

Comment, dans le triomphal fracas de leur civilisation, auraient-ils pu accorder quelque importance à une chose aussi futile qu'une couleur ?

Le virus

On entrait dans le XXIe siècle, mais on n'était pas sorti du grand cauchemar du XXe siècle : le cancer. Au contraire même, le cauchemar prenait une densité de plus en plus inquiétante, le cancer n'avait fait que proliférer dans le courant des dernières décennies.

Jusqu'au jour où un obscur chercheur, moins savant que les autres, mais plus intuitif, fit éclater une bombe qui remit tout en question.

Si simple son raisonnement, pourtant. Si puérilement logique qu'on s'étonnait d'admettre qu'il avait échappé à tout le monde, en particulier au monde de la recherche médicale.

On avait souvent prétendu que le cancer pouvait être un virus. C'était vrai. Mais un virus auquel personne n'avait pensé. Un virus que ni les microscopes ni les analyses médicales ne pouvaient déceler : le virus de l'information.

Celle-là même qui n'avait fait que s'intensifier monstrueusement avec les moyens techniques du XXe siècle, avec cette ivresse de communication dictée par la folie du profit. À tous les niveaux, à travers toute la presse du monde entier comme par l'image et par les ondes, à jet continu, on ne parlait que du cancer, de ses ravages, de ses effets, de sa progression. On surinformait tous les individus en âge de lire, d'écouter une radio, de regarder un écran de télé ; on les gavait de détails sans cesse plus effrayants, on surenchérissait constamment dans l'escalade de l'horreur.

Surtout quand on s'adressait aux fumeurs et aux buveurs que l'on bourrait de complexes de culpabilité, d'accusations concernant leurs vices, de statistiques affolantes. C'est à eux que le chercheur avait pensé en priorité, c'est leur cas qui lui avait donné le déclic, l'étincelle de vérité. Ils mouraient, en effet, plus inexorablement du cancer que ceux qui ne fumaient pas et ne buvaient pas. Mais ce n'était pas la cigarette ou le verre d'alcool qui leur donnaient le cancer. C'était la sensibilisation permanente au spectre du cancer, entretenue par les journaux, par leurs proches, par leurs amis et leurs ennemis, par tous et par tous les moyens de diffusion.

Le cancer, en effet, ne se développait que dans la phobie d'attraper le cancer. Il ne se nourrissait que de la peur de l'avoir.

Le vote

L'événement ne remettait pas en cause l'histoire du monde, mais il était quand même unique dans les annales de la politique.

Pour la première fois, une élection présidentielle se joua si bien sur le fil du rasoir que l'un des deux candidats restés en lice l'emporta avec une seule voix d'avance sur son concurrent.

Et le nouveau président de la République pensa alors en souriant qu'il avait bien failli déposer un bulletin blanc dans l'urne, mais qu'en fin de compte il s'était décidé à déposer un bulletin portant son nom.

Autant dire que peu importait en somme les millions d'autres voix, c'était son vote à lui qui avait décidé de son élection.

Le voyageur

Depuis quand construisait-il cette machine qui devait remonter le temps pour le rejeter quelque part dans son passé, au hasard de ce passé ? Vingt ans ? Trente ans ? Presque quarante ans sans doute puisqu'il avait la sensation de ne jamais avoir pensé qu'à cela.

La mise au point avait été difficile, mais si minutieuse qu'il était persuadé que sa première expérience serait la bonne. Il ne pouvait pas manquer son coup et c'est sans la moindre appréhension qu'il se livra aux coulisses électroniques de sa machine.

Il appuya sur le bouton marqué START, de façon un peu simpliste.

Il y eut un léger chuintement, une déflagration de couleur livide, puis un moment de ténèbres et quand le voyageur du temps ouvrit les yeux quelques secondes plus tard, il eut un véritable choc en affrontant de face la réalité du moment où il avait été rejeté : il était en train de faire une soudure de deux circuits parmi l'inextricable réseau de fils d'une machine à remonter le temps. La sienne, évidemment. Chaque voyage ne pouvant excéder dix minutes, il ne les gaspilla pas et revint à son point de départ, assez déçu malgré tout.

Il reprit tout à zéro, donna le contact.

Et se retrouva en train de bricoler sa machine. De toute évidence il avait été rejeté plus loin dans le temps puisqu'il se trouvait dans une maison qu'il avait quittée depuis dix ans. Là encore, il ne resta que quelques minutes.

Quatre fois de suite il refit le même voyage aller-retour et, chaque fois, il retomba en des lieux différents, donc en des années différentes, mais invariablement devant la machine à laquelle il avait consacré toute sa vie. Pas tout à fait en vain puisque au moins elle fonctionnait sans panne et sans dérapages.

Un peu écœuré par tant de répétitif dans la monotonie, il décida de descendre plus loin dans son passé, aux environs de ses vingt ans, soit quarante ans en arrière. Il constata soulagé qu'il était dans sa chambre d'adolescent, qu'il écoutait un disque de jazz, installé devant sa table de travail. Il regarda de plus près les équations, les calculs et les plans qu'il griffonnait : c'étaient ceux de sa machine à remonter le temps.

NOSTALGIA

Ces textes datent tous du début des années 50, donc de mes premiers pas sur le territoire de la science-fiction, alors que j'avais déjà écrit plusieurs centaines de contes — presque toujours très brefs — de fantastique ou d'humour noir.

Ils ont tous été publiés dans les magazines de l'époque (Fiction, Satellite) *et n'ont jamais été repris ailleurs.*

Même s'ils témoignent d'une certaine maladresse d'auteur débarqué dans une autre dimension, ils prouvent qu'à l'aurore de ma carrière j'étais naturellement tenté par le conte bref. Et le Petit Précis d'histoire du futur *(paru en 1955 dans* Cellules grises, *fanzine publié par* Fiction) *est uniquement composé d'une mitraillade de faits divers et d'informations réduites à quelques lignes. On peut les considérer comme mes premiers textes ultra-brefs. J'allais en écrire, au gré des ans, plus de six cents. Et* Le Monde *publia un* Conte froid *chaque semaine pendant deux ans, à la fin des années 70.*

Quant à la seule nouvelle totalement inédite de ce cahier de nostalgies, Le Couple, *elle a sans doute été écrite en 1948 alors que je ne pensais qu'à l'absurde et au fantastique, sans savoir que le mot « science-fiction » avait été inventé. En effet, je n'ai jamais été très avancé pour mon âge.*

Le couple

Par un simple hasard.

À peine croyable, mais c'était ainsi.

C'était par hasard que l'on avait découvert qui ils étaient. D'où ils venaient.

Et la stupeur fut générale quand on apprit qu'ils vivaient depuis plus d'un an dans cette ville et que personne n'avait jamais eu le moindre soupçon.

Ils avaient loué un appartement dans un quartier très bien fréquenté, ils avaient toujours payé régulièrement leur loyer et jamais la moindre plainte n'avait été formulée à leur sujet. Un couple comme tant d'autres, c'était tout ce que l'on aurait pu en dire. Étrangers ? On le croyait. Touristes ? On le supposait, mais c'était une question qui n'avait jamais pris beaucoup d'importance.

On se la posa cependant, et bien d'autres en même temps, lorsqu'on découvrit leur véritable identité.

Comment avaient-ils réussi à passer inaperçus depuis leur arrivée ? Le plus simplement du monde. Leur apparence était rigoureusement semblable à la nôtre. Jeunes tous les deux, assez grands. Blonds, avec des yeux gris. Dans le quartier, on les avait toujours pris pour des Scandinaves.

Jusqu'au jour de cette rencontre dans l'escalier.

Il faisait très chaud, ce jour-là. Une jeune femme

descendait en riant. C'était elle. L'homme la suivait, avec un étage de retard. Elle portait une robe qui lui laissait les bras nus.

Au deuxième étage, elle croisa un locataire qui, assez pressé sans doute, trébucha et faillit tomber sur elle. Machinalement, il lui avait saisi le bras.

Puis il avait reculé, atterré.

Il était froid ce bras. Souple, admirablement bronzé et glacial. Avant de reculer, il avait frôlé de très près le visage de la femme. Il avait vu qu'elle avait cligné des yeux. Un rapide mouvement des paupières. Mais ces paupières étaient transparentes. Il avait vu les yeux gris presque transparents sous les paupières complètement transparentes.

On les avait arrêtés, presque sans délai.

On avait commencé par les interroger. D'où ils venaient, comment ils étaient venus. Depuis quand. Pourquoi. Dans quel but. Sous quels ordres. Et pour quelles raisons secrètes ils n'avaient jamais révélé leur identité. Quelles étaient les intentions du monde qui les avait délégués.

Ils ne répondirent rien. Pas un seul mot.

Des espions. Cela ne faisait pas l'ombre d'un doute. Ce ne pouvait être que des espions.

Alors, des questions on passa aux gifles. Puis, des gifles, au troisième degré.

Ils supportèrent tout dans le plus parfait silence, avec calme. La femme aussi bien que l'homme. Il était même difficile de savoir exactement s'ils souffraient. De toute façon, jamais on n'en tira rien. Pas un seul mot. On employa pourtant toutes les méthodes éprouvées. La faim et la soif, le manque de sommeil et les questions de nuit, le projecteur dans les yeux et la règle, le feu et les tenailles, la baignoire et les lanières de cuir. Rien n'y fit.

Simplement, un soir, à bout de forces, ils se laissèrent mourir. Presque tous les deux au même instant.

Alors seulement, les responsables s'accusèrent d'avoir agi trop brutalement. À présent, tout était perdu.

C'était vrai. Mais la partie était perdue d'avance. Cela personne ne le savait. Car il existait un détail qui avait passé inaperçu. Un détail que personne n'aurait pu soupçonner : dans ce monde d'où venait le couple, le chiffre 1 n'existait pas. L'unité était double. Tout, là-bas, était 2. Et le couple était double, lui aussi. L'apparence existait indépendamment de la réalité. Ce que les hommes avaient pris et soumis à la torture, c'étaient deux êtres qui jamais n'auraient avoué ou prononcé une parole. Ce n'était que leur apparence.

Quant à la réalité... Le couple était dans l'appartement au moment de l'incident de l'escalier. Puis, il avait eu le temps de fuir.

La jeune femme et son compagnon vivaient toujours, mais dans une autre ville. À présent, ils étaient décidés à agir. Ils savaient qu'il n'y avait plus un moment à perdre.

Ils connaissaient les hommes. Ils les haïssaient.

Et les êtres de leur monde n'étaient pas seulement des conquérants qui, depuis quarante siècles, sillonnaient l'univers pour asservir et annexer. Ils passaient aussi pour extrêmement rancuniers.

Les trois clients

Quand les avait-on vus pour la première fois ?

Au début de l'hiver, prétend la rumeur. Mais dès le mois de janvier on les vit tous les soirs au même endroit, presque toujours à la même heure. À 6 heures très exactement dans un grand café du centre.

Ils ne se quittaient jamais. Ils arrivaient toujours ensemble. Ils étaient trois. Deux hommes, une femme.

Où demeuraient-ils ? On ne le savait pas. De quoi vivaient-ils ? On ne le savait pas davantage. De toute façon, ils paraissaient vivre en oisifs et dépenser sans compter. De plus, ils étaient tous les trois fort bien habillés.

D'où pouvaient-ils bien venir ? On se le demandait en vain. Ils n'avaient pas un type particulièrement défini. D'ailleurs, ils ne se ressemblaient pas entre eux. Une seule chose, cependant, ils possédaient en commun : la beauté. Une beauté tellement frappante — glaciale aussi — qu'elle paraissait créer un vide autour d'elle, comme un grand silence dans un tapage ambiant.

Dès le premier jour on s'était demandé avec curiosité quels pouvaient bien être les rapports qu'ils avaient entre eux. On ne voyait pas. On ne pouvait pas comprendre exactement. Une telle désinvolture dans leur comportement que les questions les plus insidieuses demeuraient sans réponse. Les deux hommes se parlaient entre eux comme ils parlaient à la femme. Avec les mêmes intonations, les mêmes jeux d'expression. Et la femme avait pour les deux hommes le même calme regard dans lequel tout sentiment semblait se diluer jusqu'à devenir indéfinissable.

Des semaines passèrent.

Les habitués du café avaient fini par ne plus remarquer les trois clients. Mais pour ceux qui les voyaient pour la première fois, ils demeuraient trois personnages que l'on ne pouvait dévisager sans ressentir, imprécis et fugace, le contact d'un certain étonnement, peut-être sans motif. Du moins, sans motif identifiable.

Jusqu'au moment de l'incident.

Cela se passa un soir vers 7 heures, alors que les trois clients venaient de boire leur première consommation.

Un des deux hommes, par on ne sait quel geste un peu brusque, brisa son verre sous sa main. Une lame de verre lui entailla assez profondément le pouce.

Et l'homme releva sa main couverte de sang.

Alors, près de cette table, les Martiens, qui, atterrés, regardaient couler le sang, comprirent que cette femme, ces deux hommes ne pouvaient pas être de leur monde.

Le désert

C'est arrivé il y a un certain temps.

Mais il est difficile de préciser exactement à quelle date. En somme, il est assez paradoxal de penser que tant de faits sans grande importance sont longuement décrits dans tous les précis d'histoire et que cet événement — de très loin le plus important du siècle — aura passé complètement inaperçu.

D'où venaient ces êtres qui furent sans doute les premiers à traverser l'espace pour débarquer sur la Terre ? On ne le saura peut-être jamais. De même qu'on ne saura jamais comment ils arrivèrent, ni même de combien d'unités cette première patrouille était composée.

Un fait est certain : ils prirent contact avec la Terre dans une région absolument désertique. Avait-on prévu cela ? Et eux, de leur côté, avaient-ils préparé ce débarquement dans une région qu'ils savaient inhabitée ? Il est permis de le croire. Quantité de faits permettent de supposer qu'ils en savaient beaucoup plus long sur notre planète que nous n'aurions pu l'imaginer. Là était leur force. Et certainement elle ne se limitait pas là. Issus d'une civilisation totalement différente de la nôtre, ces êtres n'avaient sans doute aucune intention de conquête en débarquant sur la Terre. Le mot « guerrier » ne devait avoir aucun sens pour eux. Mais ceci ne signifie pas que nous aurions eu le dessus en cas de conflit déclaré. Ils étaient, comme je l'ai dit, très différents de nous. Peut-on lutter contre les microbes, par exemple ?

Ils débarquèrent donc et leur première vision en découvrant la Terre fut celle d'une interminable étendue de rocs éboulés les uns sur les autres. Mais ils devaient savoir à quoi s'en tenir. Ils ne crurent certainement pas à une planète morte.

Quel était leur plan ? Recueillir quelques germes de vie ? Des minéraux, des plantes ou quelques animaux vivants ? C'est possible. Ou bien avaient-ils l'intention de s'approcher d'un centre habité ? C'est également possible.

Ils commencèrent sans doute par toucher les choses qui les entouraient, heureux de constater qu'ils étaient parfaitement adaptés aux conditions de vie de ce monde nouveau. Ils vivaient, oui, sans casques, sans scaphandres, sans accessoires techniques, réduits à leur plus simple définition d'êtres dont nous ne connaîtrons jamais l'aspect.

En effet, à cet instant, un avion apparut dans le ciel.

Un simple avion de transport, celui-là même qui, tous les jours, à cette heure, survolait le désert à basse altitude quand le temps était clair.

Les passagers de l'avion ne remarquèrent pas les êtres qui venaient de débarquer. Il devait être difficile de les voir, car la réverbération du soleil les rendait probablement transparents.

Quant à ceux qui venaient d'autre part, ils n'eurent pas le temps de voir l'avion. En une seconde, ils furent déchiquetés.

Non, il ne s'était rien passé.

L'avion n'avait pas par hasard lâché une bombe à

cet endroit du désert. Ce n'était pas un bombardier. Il n'avait pas non plus lancé vers le sol un rayon secret.

C'était le bruit simplement.

Car pour ces êtres qui venaient d'un monde où tout était éternellement silence, le moindre son devait les foudroyer sur place et les réduire en poussière.

Un beau dimanche de printemps

Haute était l'herbe, si chaud le sable.

La petite fille venait d'atteindre le sommet de la colline. Elle s'était arrêtée, essoufflée. Un instant, elle se demanda ce qu'elle allait faire. Mais elle aperçut sa pelle et, les mains en avant, elle se laissa tomber dans le sable.

Elle se mit à creuser ensuite.

Un trou étroit, profond.

Soudain sa pelle heurta quelque chose de dur. La petite fille sentit le choc lui traverser le bras. Elle eut un mouvement d'impatience et sa pelle gratta le fond du trou. En vain. Impossible d'aller plus loin.

Alors la petite fille s'allongea sur le ventre. Plongeant entièrement son bras dans le trou, elle essaya d'arracher l'objet que la pelle avait heurté...

Tant de questions contradictoires !

Car on en avait beaucoup parlé autrefois. Au XXe siècle, particulièrement. Mais tout cela paraissait si lointain déjà. Un peu ridicule, en plus. Comme ces récits d'épouvante où les monstres concurrençaient les cataclysmes imprévisibles en jaillissant, narquois et déformés, d'une improbable quatrième dimension.

En réalité, tout s'était passé si simplement.

Une réalité qui pouvait paraître décevante quand on pensait à tout ce qui avait été imaginé.

Oui, Mars était bien, comme certains l'avaient prévu, une planète habitée.

Et habitable. Ô combien !

Un monde ? Un vaste site plutôt. Où tout respirait le calme et l'harmonie, la nature morte et la création, avec ce rouge agressif qui avait fait la fortune des agences de voyages comme le pouvoir de choc de toutes les affiches de tourisme...

Quant aux Martiens...

Ils existaient, certes. Ils avaient existé du moins.

On avait en effet trouvé sur Mars une race d'êtres normalement constitués, humains de toute façon, en tout point nos semblables, non dénués d'une certaine intelligence, mais apathiques et indolents, ataviquement mélancoliques, incapables de se défendre ou d'attaquer.

Leur civilisation se limitait à fort peu de chose et chanter d'une voix plaintive des hymnes semblait être leur unique raison de vivre.

Sans combat et sans motifs plausibles — ou peut-être parce qu'on ne pouvait jamais savoir — on les avait presque tous exterminés dès les premières heures. Les survivants, on les avait envoyés sur Terre, dans des entreprises où ils ne servirent jamais à rien et moururent rapidement, accablés par une quantité de soucis dont ils ne saisirent jamais le sens précis.

Et Mars était donc devenue une colonie exclusivement réservée aux Terriens, exploitée par des Terriens qui agissaient en Terriens pour le seul bien des Terriens.

Un monde plein de charme et d'agrément.

Les Taber, comme presque tous les ménages sans grands moyens, avaient pris l'habitude de passer leurs vacances sur Mars.

Pour une somme très modique, ils avaient acquis un peu de terrain, une petite villa accrochée au flanc d'une colline. La vue était admirable, le temps toujours au beau sec, la nourriture peu coûteuse et saine, les faux frais inexistants. Depuis trois ans déjà, les Taber revenaient là du mois de mai au mois de juillet. Avec leurs couverts et leur linge, leur chat et leur petite fille qui, ce matin-là, jouait dans le carré de sable du jardin.

... Elle avait creusé ce trou, elle voulut arracher l'objet que sa pelle avait heurté. Mais en vain.

Elle renonça très vite. De toute façon ce jeu ne lui disait plus rien. Après avoir jeté sa pelle, elle se mit à tamiser ce sable fluide qui avait fait l'admiration de tous les estivants.

Alors, silencieux, transparent, un peu plus loin, derrière la petite fille, un tube sortit lentement du sol, pivota, oscilla, parut hésiter quelques secondes, puis, toujours très lent, rentra sous le sol.

Quand la petite fille revint le lendemain à cet endroit, elle ne vit pas que toute trace du trou avait disparu. Elle avait retrouvé sa pelle et, sans penser au premier trou, elle se mit à en creuser un autre.

Haute était l'herbe, si chaud le sable.

Et si merveilleusement ensoleillées les vacances dans l'impensable banalité d'un monde devenu officiellement le jardin public d'une toute-puissante planète appelée la Terre.

Le jardin public ? Mais oui. Qui aurait pu en douter ? Et comment ?

Il aurait pourtant suffi d'une pelle, d'un trou dans

le sable, d'une main prête à creuser... Alors, seulement, en creusant, avec d'autres pelles, d'autres mains, des bennes géantes et des milliers de crocs acérés...

Mais si calme était encore, par ce dimanche de printemps, le monde qui, fatalement un jour, demain peut-être ou l'an prochain, s'écroulerait dans l'explosion d'une triomphale surprise...

Car personne ne l'aurait soupçonné, mais la vie sur Mars était intacte. Agressive et présente, aux aguets des moindres détails, mais enfouie secrète dans le glacial labyrinthe que dissimulait le piège d'un décor exotique.

Un piège, oui. Que personne n'avait agencé, auquel personne ne pourrait échapper.

Et les Martiens vivaient toujours, invisibles, inconnus, inexprimablement différents de nous, préparant leur coup, patients, rancuniers, jugeant qu'ils avaient tout leur temps.

Ce que les hommes avaient pris autrefois pour des Martiens, *ce n'était en réalité que les troupeaux nomades de ce qu'on appelait sur Mars des animaux parasites.*

Petit précis d'histoire du futur

1956

Une année sans événements. Des incidents mineurs. Des perfectionnements techniques sans grande importance.

La mise au point d'un dispositif magnéto-négatif qui permet des variations de la courbe temps-espace. Les journées sont allongées de trois heures ajoutées d'office aux horaires du travail sans augmentation des salaires.

On lance la radio-réchaud à gaz, le parquet réversible, et les appartements que l'on peut ranger dans un placard après usage. Les vitres sont remplacées par une matière invisible, car sans matière.

1957

Une machine à calculer infaillible prouve que l'on ne peut être qu'en 1951. L'erreur est admise, mais pour ne pas embrouiller les choses, elle n'est pas rectifiée.

Un avion dépasse le mur du silence.

Une balle perdue d'un film en trois dimensions tue un spectateur à New York.

Le temps de la machine à but contraire est venu.

La machine à encrasser les rues pour donner du travail aux chômeurs connaît une vogue énorme.

On lance l'avion à réactions négatives.

1958

Une fusée envoyée sur la Lune retombe sur la Terre, mais se fiche dans un continent inconnu désert, et plus grand que le Brésil.

L'homme d'affaires est équipé à grands frais d'un appareil qui lui permet de gagner du temps — quelques minutes en 24 heures — automatiquement converti en pièces de monnaie.

Une inexplicable canicule de décembre fait d'innombrables victimes dans les pays froids de l'Europe. Il s'agit peut-être d'une agression inédite d'un ennemi inconnu.

Un gigantesque court-circuit gagne les tuyauteries d'eau dans une grande capitale. Des milliers de personnes sont électrocutées en quelques secondes. On croit également à une agression.

1959

La crise du logement prend fin grâce à une surprenante invention : on arrive à réduire l'homme, pendant quelques heures, aux dimensions d'un insecte. Par milliers, on construit de minuscules gratte-ciel dans les squares.

Toute une ville construite en mica est détruite par un incendie : on avait oublié de prévoir ce risque.

1960

On enregistre avec stupéfaction la disparition du mois de février.

Les États-Unis lancent le film à une dimension. Un

homme arrive à perdre le relief, un soir, vers 6 heures.

Certains biologistes prouvent que la race des microbes grandit. Un congrès se réunit en hâte.

Une deuxième fusée est envoyée vers la Lune. Elle revient, un mois plus tard, portant une bombe à retardement qui cause de graves dégâts.

1961

Un physicien arrive à démontrer que l'électricité n'a pas encore été utilisée.

Un employé trouve sur son bureau un objet moderne et brillant dont aucun expert n'arrive à donner une définition satisfaisante. L'objet fait le tour du monde sans que personne puisse donner le moindre éclaircissement concernant son usage ou son fonctionnement éventuel.

Certains microbes sont déjà visibles à l'œil nu. D'autres sont phosphorescents. Dans certaines régions, on les entend : ils bruissent.

1962

On constate que toute la surface des pôles est recouverte d'immenses forêts vierges invisibles à nos yeux, par un effet de réverbération.

On en arrive à démontrer que certains pays ne peuvent être que des illusions d'optique.

L'homme est désormais muni de certains appareils qui font partie de sa personnalité : un compteur d'énergie, un manomètre pour vérifier sa tension, un thermomètre sexuel, un baromètre à humeur et une antenne supprimant les pensées parasites.

1963

Une secte de savants moralisateurs met au point

un appareil faisant fonction de conscience et foudroyant au moindre délit.

À la suite d'une expérience manquée, dans toute la région entourant Londres, la pensée devient contagieuse. Quand un homme pense de façon précise à un fait, tous les habitants de la ville subissent de gré ou de force la même pensée.

La microphobie bat son plein. Hallucinations et fièvres imaginaires font des ravages constants. Mais les sceptiques ne sont pas encore atteints. Ils vivent et se désintéressent de la question.

1964

Après neuf ans d'assoupissement, le mystère des soucoupes volantes rebondit. L'une d'elles se pose place de la Concorde. On déclare qu'elle a ramené le Christ sur Terre.

Cet événement entraîne une vague de religion. Un pape est élu dans chaque quartier. Les athées sont tués sur place. Les sceptiques sont livrés aux antiseptiques.

Un mois plus tard, un biologiste prétend avoir matérialisé l'âme humaine et expose aux yeux du public une horrible morve larvaire qui tient à la fois du crapaud, du requin et de la mouche géante.

Le Christ, dénoncé comme imposteur et charlatan, est crucifié. Les chrétiens sont pourchassés et mis à mort, suppliciés, dans les théâtres et les grands cinémas.

Mais, d'autre part, et sans doute possible cette fois, les microbes grandissent toujours. Le fait est annoncé officiellement. Il faut l'admettre et faire face. Le courage de l'homme, une fois de plus, est mobilisé.

Toutes les usines du monde entier sont changées en centres de fabrication en gros de poudres insecticides. Les canons et les armes deviennent des injecteurs géants.

Le règne du superflu est terminé. Plus d'art, de distractions, de travaux commerciaux ou particuliers. Plus de trafic ou de vie sociale. La vie entière se réduit à une défense commune. Pour la première fois dans l'histoire du monde, l'homme est entretenu par l'État dont il est citoyen.

1965

Les microbes attaquent et s'abattent sur une Europe dont les moyens techniques sont évidemment très sommaires, écrasés par la situation.

Après un mois, il n'y a plus d'Européen.

Au Canada, un savant met au point une variante de la bombe atomique : la bombe antibiotique. Elle doit être capable d'éliminer tous les microbes, explosant sans bruit et sans aucun risque pour les êtres humains.

Les premiers essais effectués dans le grand désert franco-allemand sont concluants : pas un seul microbe n'a résisté à la déflagration.

Une bombe est lancée au-dessus de New York. Les microbes sont décimés, les habitants indemnes. Un seul détail imprévu : plus aucun homme ne paraît capable d'émettre la moindre pensée.

Le spectacle est désolant : des millions d'êtres errent, privés de souvenirs et de mémoire dans une ville intacte. Ils ne savent plus où ils habitent. Ils ne savent plus qui ils sont. Ils ne savent plus quoi faire de leurs mains ou de leur avenir. Ils sont changés en mannequins de chair.

Un ancien pape des faubourgs veut régénérer ces inconscients. Il y arrive facilement. New York n'est plus bientôt qu'une église où le cantique est le seul mythe encore tangible.

1966

Partant de l'Amérique du Sud, une fusée est envoyée vers Mars. Elle arrive à destination.

Des milliers de survivants émigrent vers cette planète. Des centaines de « convois » partent tous les jours. Les habitants de New York seuls se désintéressent de cette ruée. Ils prient. Ils chantent. Ils croient.

Découverte d'un monde nouveau mais décevant. Il est essentiellement bureaucratique, douillet, assoupi, tatillon et pacifique. La calligraphie est le centre de toutes les existences.

Les Martiens accueillent les Terriens sans joie et sans haine. Ils espèrent en faire des employés dociles et consciencieux.

Mais les Terriens débarquent des armes et des armées dès la deuxième semaine. Une semaine plus tard, il n'y a plus de race martienne. Et la planète Mars est appelée la Terre.

1967

On organise la vie nouvelle. On rase l'ancien décor pour le remplacer par du béton et du verre. Le Congrès suprême fonde un seul État divisé en cinquante villes. Au recensement, il s'avère que quatre millions de Terriens à peine ont survécu aux événements de 1965-66.

Pour remplacer les animaux domestiques — en effet, aucune vie animale sur Mars — on fabrique sur mesure de petits hommes-chiens à poil long dont les facultés sont réduites au minimum. Et la vie, à quelques détails près, recommence, monocorde.

1968

L'homme se retrouve en face de certains problèmes imprévus : la vie sur Mars ne dépasse pas dix ans. Le vent vert de l'automne est plus meurtrier que la peste. La pesanteur varie d'un extrême à l'autre, selon les jours. Un fait plus grave sème la consternation : tous les enfants naissent mort-nés. À moins d'un nouvel exode, la race des rescapés doit s'éteindre d'ici dix ans.

1969

Toute fuite s'avère impossible. Un autre imprévu s'est abattu : tout ce qui est métal, depuis le fer jusqu'au platine, émet des radiations qui tuent après quelques semaines. Villes et laboratoires sont mis en pièces. Tout est refait sur d'autres bases. Une civilisation se désagrège et se recompose sans aucune chance d'issue.

1970

Tout espoir, en effet, est perdu. Dans ce monde où tout est bois et pierre, tissu ou papier, comment lutter contre l'inévitable ?

1971

Le découragement devient de l'angoisse : plus que sept ans et tout sera dit.

1972

L'angoisse atteint des proportions inquiétantes.

1973

Tout s'arrange. Les proportions se réduisent à zéro : une pluie de feu et de fer a dévasté la planète. Il n'y a pas de survivants. C'en est fait de ce monde.

1974

Mais il restait la Terre, et les survivants demeurés à New York. De 1965 à 1973, ils avaient survécu tant bien que mal : toujours farouchement chrétiens, incapables d'agir ou de s'accoupler, inconscients, à peine capables de faire de minces travaux après des mois de répétitions. La population avait été réduite à 200 000 habitants. La ville croupissait dans le délabrement.

1975

C'est alors que débarquèrent, au nord de la ville, les Vénusiens. Ils étaient bâtis comme nous, mais leur beauté était absolument stupéfiante. Des yeux obliques transparents dans un teint d'aigue-marine, des cheveux vert sombre. Leur taille dépassait deux mètres.

Leur arrivée provoque une révolution. Rejetant toute pudeur, les chrétiens se retrouvent à l'état brut de mâle ou de femelle. Un inconcevable délire balaie toute la ville. La seule vue d'un Vénusien plonge les Terriens dans un état de transe impossible à réprimer. D'autre part, l'atavisme de vice des Terriens subjugue rapidement les Vénusiens.

Après un mois d'orgie, on fait le point : les deux races se désirent éperdument, sans rémission. Les Vénusiens décident de faire de cette ville leur lieu de plaisir.

On reconstruit la ville sur les principes vénusiens, qui sont simples d'ailleurs : luxure et délassement, harmonie et luxe, liberté et mépris total du travail. Les travailleurs sont relégués dans les caves de la ville, n'ayant aucun droit, alors que les non-travailleurs ont au contraire tous les droits.

1976

Vénusiens et Terriens commencent une vie commune. Les premiers entretiennent somptueusement les seconds.

1977

Délivrés de leurs complexes, les Terriens sortent peu à peu de la torpeur qui les enveloppait depuis tant d'années. Ils se montrent capables de compréhension et de certains actes. Ils arrivent même à raisonner. La mémoire leur revient lentement.

1978

Certains signes troublants se manifestent et prouvent que le Terrien n'a rien perdu de ses qualités ancestrales de castor inventif et travailleur : des commerces illicites sont fondés. Une secte d'anciens employés effrayés par ces vacances illimitées met sur pied une administration. D'autres hommes retrouvent une vocation de bricoleur. Des femmes font le ménage. D'autres redeviennent couturières ou blanchisseuses.

Un embryon de police est créé par les Terriens. On recense les habitants. Ils reçoivent des cartes d'identité. L'enfant né d'un Terrien et d'un Vénusien est désigné sous le terme de « bâtard ».

Le mot « envahisseur » est employé, pour la première fois, en s'appliquant aux Vénusiens. Ces derniers ne s'en soucient pas. Ils croient à une simple façon de tuer le temps. Ils sont pleins d'indulgence.

1979

Un clan secret est fondé. Basé sur des principes de morale et d'amour, de fraternité et de régénérescence, il expose sa haine des Vénusiens.

Un ancien ingénieur démonte une vieille mitrailleuse retrouvée dans une cave. Puis il la remonte. Il médite.

1980

Il arrive à fabriquer une deuxième mitrailleuse.

Le clan grandit. On met ses principes sur papier.

1981

Le clan est devenu un parti clandestin. Il a ses chefs, ses sous-chefs, ses espions. Son imprimerie. Il fabrique ses armes. Il érige les lois d'un monde nouveau basé sur le travail, le commerce, la sueur, le pain, la rapacité et la lutte.

La plupart des Terriens sont rapidement gagnés à cette cause.

1982

Le premier Vénusien est abattu dans une rue, une nuit de janvier.

Dans la fièvre et l'exaltation, les Terriens se préparent aux représailles. Ils sont prêts à se faire fusiller sur place. Ils le chantent.

1983

Mais les Vénusiens ne réagissent pas. D'une part, ils ignorent ce que signifie un crime. D'autre part, cet esprit de révolte leur paraît strictement saugrenu et sans conséquences.

Les Terriens en profitent pour étendre une lutte de moins en moins clandestine. Tous les Vénusiens sont inscrits sur des listes noires. Les bâtards sur des listes grises.

Sous les yeux des Vénusiens stupéfaits et amusés, les Terriens construisent une église.

1984

L'ancien pape se justifie officiellement en exhibant un certificat de pureté morale. Il prêche à nouveau la chasteté et les dogmes de la religion chrétienne. Il se nomme pape. Il nomme des cardinaux qui sont en même temps chefs d'une police secrète.

1985

On compose un hymne national, on confectionne un drapeau tricolore. On prend comme symbole de révolution l'enclume, la mitre et le stylo.

Ordre de mobilisation générale et clandestine de tous les Terriens. Les caves deviennent un vaste champ de manœuvres.

1986

En une nuit, à l'improviste, l'armée des Terriens surgit et massacre tous les Vénusiens. Pas un seul n'échappe à la tuerie. Les enfants bâtards sont jetés dans des camps de concentration.

Les Terriens fêtent bruyamment la libération de leur planète.

1987

Désireux de s'unifier et de mettre sur pied un monde nouveau, ils passent aux actes de reconstruction. Trois conceptions nouvelles naissent et forment trois partis diamétralement opposés : celui des chrétiens extatiques, celui des fonctionnaires agissants et celui des guerriers avides de guerroyer. Tout en pressentant cependant qu'il n'y a plus aucun peuple à massacrer, ni plus aucune terre à conquérir.

1988

Agacés par l'inertie des chrétiens extatiques, les fonctionnaires agissants passent à l'action et massacrent tous les chrétiens, le pape y compris. Bruyamment, ils fêtent entre eux l'avènement d'un siècle nouveau dans un monde nouveau.

Ils sont prêts à prendre le pouvoir définitif.

1989

Se jugeant frustrés, et d'ailleurs agacés par l'esprit de routine des fonctionnaires agissants, les guerriers passent à l'action et massacrent les fonctionnaires jusqu'au dernier.

1990

Exacerbés par l'idée de ne plus avoir d'ennemis, les guerriers se divisent en deux clans et s'entre-tuent farouchement.

1991

La guerre cesse alors qu'il n'y a plus que quelques centaines de survivants. Dont beaucoup de blessés.

1992

C'est alors que les Vénusiens débarquèrent pour la deuxième fois sur la Terre. Ils n'avaient aucune arme avec eux. Ils avançaient, les mains nues, calmement, sûrs de leur force physique. Ils avançaient lentement, vers les Terriens terrorisés. Et, dans leurs yeux de panthères, brillait une redoutable lueur de rancune. Quelque chose de glacial et d'irréductiblement accompli.

C'est ainsi que tout se termina,

en février 1992.

DU MÊME AUTEUR

Aux Éditions Gallimard

TOI, MA NUIT, Folio nº 1251
HISTOIRES À DORMIR SANS VOUS, Folio nº 2496
HISTOIRES À MOURIR DE VOUS, Folio nº 2699

Aux Éditions Denoël

DICTIONNAIRE DES IDÉES REVUES, 1985
CONTES GRIFFUS, 1993
DIEU, MOI ET LES AUTRES, 1995

Dans la collection Présence du Futur

LA SORTIE EST AU FOND DE L'ESPACE, 1956
ENTRE DEUX MONDES INCERTAINS, 1957
188 CONTES À RÉGLER, 1988

Aux Éditions Albin Michel

SOPHIE, LA MER ET LA NUIT, 1976
LE NAVIGATEUR, 1977
MAI 86, 1978
AGATHE ET BÉATRICE, 1979
L'ANONYME, 1982

Chez d'autres éditeurs

L'EMPLOYÉ, *Éditions de Minuit*, 1958
UN JOUR OUVRABLE, *Le Terrain Vague*, 1961
FUTURS SANS AVENIR, *Laffont*, 1971
LE CŒUR FROID, *Christian Bourgois*, 1972
CONTES GLACÉS, *Marabout*, 1974
LE SHLEMILH, *Julliard*, 1989

Composition Nord Compo.
Impression Société Nouvelle Firmin-Didot
le 4 mars 1998.
Dépôt légal : mars 1998.
Numéro d'imprimeur : 41832.

ISBN 2-07-040416-1/Imprimé en France.

84039